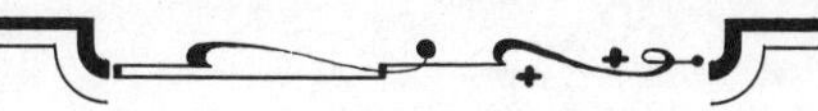

メディアワークス文庫

さよならの仕方を教えて

一条 岬

目　次

思えば、彼女と出会った瞬間から、こうなることは分かっていたんだろう。

僕と彼女は一緒にい続けるべきではない。彼女とは別れなければならない。

けれど……その決心がつかなかった。

苦しくても悲しくても、彼女といられるのは嬉しかったから。

僕は彼女と向き合う中で、色んなことを知った。

世の中には、否応なく忘れ去られていくことがある。それでも、忘れてはいけないことがある。忘れるべきではないことが、たくさんある。

早かったのか、遅かったのかは分からない。だけど今、ようやく決心がついた。


「さようなら。君と出会えて、幸せでした」


これは僕が彼女と出会い、別れるまでに至った話だ。

喜劇でも悲劇でもない。限りなく、自分にとってリアルな話だ。

樋口 悠 Ⅰ

1

時々、強烈に思うことがある。都合のいい世界が欲しい、と。

何も全てを望んでいるわけじゃない。

その世界では僕は何も失わず、また、誰も損なわれず、誰かと誰かが仲違いすることもなければ、大切な人のことを忘れたりもしない。

そういう都合のいい世界だ。

誰だって、大切なものは失いたくないし、愛しい人を過去にしたくもない。

僕は我儘なんだろうか。誰も、そんなことを願ったりしないものなんだろうか。

そんな都合のいい世界が叶わないなら、せめて……。

※

月曜日の朝、土日を挟んで四日ぶりに高校に行くと奇妙なことが起きていた。

窓際の一番後ろの席に、見知らぬ女生徒が座っていたのだ。

その席はもともと別の女子の席だった。僕と同じように学校を休みがちで、一部のクラスメイトは彼女のことを悪く言っていた。

そこに今、見知らぬ女生徒が腰かけている。

僕の席は隣にあったため、不可思議に思いながらも自分の席に足を進めた。

「あ……ひょっとして、隣の席の人？」

椅子を引いて席に着こうとしたところで、見知らぬ女生徒に質問される。長い髪をした、随分と綺麗な子だ。着席しながら応じた。

「そうだけど。えっと……どちらさま？」

「あぁ、ごめんね。いきなり話しかけちゃって」

「それは別にいいけど。あの、その席って……」

そうやって話していると奇妙な感覚に襲われる。ふと視線を横にずらした。

教室が静かになり、不穏な空気に包まれていた。

驚いたように、あるいは不審がるようにクラスメイトが僕を見ていた。

「あれ？　どうしたの？」

目の前の彼女はそんな空気に気付いていないのか、再び声をかけてくる。

担任が来て朝のホームルームが始まった。彼女に関する説明はなく、僕が学校に来ていることを一瞥で確認すると、淡々と連絡事項が伝えられた。

ホームルームが終わって担任が教室から去ると、授業開始まで時間があく。

友達でもいれば彼女のことを聞けたかもしれないが、僕は高校に入ってからそういう付き合いをしてこなかった。特に今は顕著で、高校二年生なのに話し相手もいない。

「ねぇ。先週、学校休んでたよね」

授業の準備をしていると、隣の席の彼女にまた話しかけられる。

「あぁ、うん。そうだけど……」

「風邪でも引いてたの?」

「いや、単なるサボりっていうか」

サボり。以前の自分なら考えもつかない行動だ。かつての僕は勤勉であろうとしていたし、可能な限り人に優しくもしようとしていた。

今の情けない自分を垣間見る時、立ち止まって愕然としそうになることがある。

いったい僕はいつから、こんな自分を許してしまったのだろう、と。

そんなことを考えながら彼女と顔を合わせていると、再び教室が変な雰囲気になっていた。気のせいではなく、クラスメイトが明らかに怪訝な表情をして僕を見ていた。

「え、サボりだったの? 結構大胆なことするんだね。……って、あれ?」

話すのをやめ、彼女から視線をそらした。教師が来て一時間目の授業が開始される。

彼女が何者なのかは分からない。

変な時期の転校生とか、あるいはそういう存在かもしれない。

でも仮に転校生だとしたら、クラスメイトは彼女を放っておかないだろう。彼女は容姿に優れていて明るく、男子からも女子からも人気が出そうなタイプだ。

それなのに、クラスメイトは彼女に一切注意を払っていなかった。


彼女はまるで……誰にも見えていないかのように扱われていた。


「月曜日って七時間授業だっけ。一日が長くて大変だよね～」

そんな中、彼女はなぜか僕にだけ話しかけてきた。授業中こそ無言だったが、休み時間になると親しげに声をかけてくる。

返事をすれば今朝みたいな空気になりそうで、僕は無視を続けた。

「まさかなんだけど、私のこと、見えてない？」

ただ、彼女は諦めなかった。思わず顔を向けてしまう。

「あ、ようやくこっち見てくれた。よかった。見えてないわけないもんね」

無邪気に微笑む彼女を無言で見つめる。

この人は誰なんだろう。どうして誰にも関心を払われていないんだろう。

疑問を覚えていると、過去の光景にふと囁かれる。

もうほとんど思い返すことはないけど、僕には昔、ある女の子の〝友達〟がいた。

小学生の頃の話だ。イジメられて一人でいた時、その子は僕の前に突然現れた。

今みたいに、誰とも話せないでいた僕の話し相手になってくれた。

目の前の彼女は少しだけ、その〝特殊な友達〟に似ていた。

「君は……」

口を開いた瞬間、同級生からの「独り言を呟いてるヤバいやつ」などの悪口が脳裏を過る。これ以上教室で変に目立ちたくなかった。

教室の外に出ることを手で伝えると、それが彼女にも通じたらしい。長い休み時間ではなかったが、人があまり来ない、近くの渡り廊下付近に移動して尋ねる。

「それで、君って誰？」

「あ、自己紹介がまだだったね。転校生の有馬です。つい先週、転校してきました」

僕が興味や反応を示したことが嬉しいのか、彼女はニコニコとしていた。

「そうなんだ。また、随分と変な時期だったね」

「ちなみに、なんだけどさ」

「え？」

「私のこと、誰か分かる？」

窺うように問われ、僕は自分の中に空白を囲う。

イマジナリー……。そんな言葉が出かけたが、とっさに打ち消した。

「えっと。どこかで会ったこと、あった？」

「ううん、ない。ないと思う」

自分から聞いておきながら、彼女は晴れやかな表情をしていた。

なんなんだ、とか思わなくもない。

「じゃあ、なんで聞いたの？」

「んー。そうやって聞いて回るのが、趣味だから？」

「……個性的ですね」

「ありがとうございます」

律儀に言葉を返してくる彼女を、あらためて見つめる。

馬鹿みたいな表現かもしれないけど、本当に、絵に描いたような美少女だった。

顔は整っていて、長い髪も光沢を含んでいて綺麗だ。ＣＭや映画で目にした断片を集めて作ったような、誰の心の中にでも棲んでいそうな美しい女の子だ。

都合がいいな、と考えてしまう。

そんな子が急に転校してきて、僕にだけ話しかけているのだから。

「転校生さんの名前って、なんていうの？」

「有馬だよ」

聞き覚えのあるような、ないような名字を彼女は再度口にする。

「名字じゃなくて、下の名前は？」

「それは……帆花。有馬、帆花」

「なんで、間があいたの？　まさか、素性を隠してる芸能人とか？」

「芸能人でもないし、深い意味はないよ。そういう貴方のお名前は？」

「僕は樋口。樋口、悠」

　こういう自己紹介も、思えば久しぶりだ。そんな人生を寂しいと感じる時もあるけど、半分以上は諦めている。人間には、大別して二種類の人間がいるから。

　失っていない人間と、失ってしまった人間だ。

　僕は後者だった。情熱とか、夢とか、変わらないものとか、そういう……。

「え、何？」

「樋口くんだね。それでさ、そんな樋口くんにお願いがあるんだけど」

「せっかくだから、私とお友達になってくれない？」

「君と？」

　そんなことを話していると、チャイムが鳴り響いた。

　通っているのは公立の進学校だが、教師は生徒にあまり関心がない。正確に言えば関心はあるが、模試の結果や大学の進学先といった成績に関することがほとんどだ。

　多少授業に遅れても小言は言われないものの、有馬を促して教室に戻ることにした。

戻ってからもう一度確認したことだけど、有馬は教室で透明人間になっていた。

誰にも話しかけられることなく、振り向かれることすらない。

そして本人も、まるでそれを気にしている様子はなかった。澄んだ水の中をすいすいと泳ぐ綺麗な魚みたいに、透明な存在として、教室の中で堂々としている。

やがて教師が訪れ、二時間目の授業が行われた。

この現象は、なんなんだろう。なぜかは分からないが、有馬は空気と化していた。

理由については正直、知りたいとは思わない。

小学校低学年の頃、僕も散々無視されてきて、イジメ自体には大した理由がないと知っていた。自分で掘り返したくもないし、有馬に掘り返させたくもない。

というか、僕にはほかに考えるべきことがあるんじゃないか。

たとえば、もともと隣の席にいた女子のことだ。

有馬が急に転校してきて、席が用意できないから、彼女の席が一時的に使われているのだろうか。そんなことが、果たしてあり得るだろうか？

混乱したまま授業を受ける。不意に、転校生の有馬帆花なんていう生徒は、存在していないのではないか、という気になった。

僕が見ていない時に、彼女はいない。僕が見ているから、彼女はいる。

確か、そういう有名な思考実験があったはずだ。

あるいは幼少期、ひょっとすると誰もが漠然と考えたことかもしれない。

自分が見ていない時に、本当は世界はとまっているんじゃないか、存在していないいんじゃないか。

我ながら馬鹿みたいだとは思うが、幼い考えのまま、とっさに有馬に視線を向けた。

僕が見ている時に、彼女は存在する。

彼女は僕の視線に気付くと、なぜか嬉しそうに、にっと笑った。


「それで、さっきの話は考えてくれた？」

二時間目を終えて休み時間になると、がやがやとした喧騒(けんそう)の中で有馬が尋ねてくる。

教室だとまた変な雰囲気になりそうだったので、促して場所を移した。

「あのさ」

普段は使われていない、人の来ない空き教室に移動して彼女と向き合う。

「君は本当に……誰なの？」

「え？　転校生だけど」

僕の質問に有馬はきょとんとしていた。

「あの席に座ってるのは、なんで？」

「なんでって……。以前にいた人、学校を退学したんじゃないの？」

「誰が言ってたの」

「先生」

「退学したようなもの、じゃなくて？」

「どういう意味、それ？」

「いや……。僕がもっとしっかりしていたら、今も彼女は、学校に通えていたかもしれないんだ。退学は、単なる噂かと思って。……って、ごめん。急にこんな話」

初対面に等しい相手に、僕は何を言っているんだろう。

ウジウジしている、つまらない人間だと思われただろうか。

「あー。そっか」

しかし有馬はそう応じたあと、ふっと穏やかに微笑んでみせた。

「樋口くんは、優しい人なんだ」

僕は一瞬、真顔になる。

「いや、それは違う」

「そうかな？」

「弱さと優しさって、混同されがちだから。強くないと優しさではない。僕は弱いから、優しくない」

さっきから、会ったばかりの人に何を言っているんだろう。らしくなかった。

こうやって誰かと話すことが、久しぶりなせいだろうか。

それがたとえ……よく分からない相手であっても。

「樋口くんは、優しさを大切にしているんだね」

そのよく分からない相手が、口元に笑みをたたえて言う。

伏せがちだった目を僕は彼女に向けた。

「そうでしょ？　大切なものじゃないと、そうやって定義づけたり、反駁したりしない。どうでもいいものだったら、流せると思う。それに……」

「やめてくれよ」

僕は彼女の発言を遮った。

「君に僕の、何が分かるって言うんだ」

まさか自分が、そんな陳腐な台詞を吐くことになるだなんて思わなかった。

しかも相手は今日初めて言葉を交わしたばかりの人だ。

青春くさくて、反抗的で、相手のことを考えずに甘えている。

「私、分かるよ」

さすがに引かれるかと思ったが、有馬は真面目な調子で返してきた。

「樋口くんのこと。多分、この学校で一番よく分かってる」

そんなこと、あるわけ……。

「だって、私は――」

自分が何を思いたいのか、何を思えばいいのか分からない間に、彼女は続けた。

「樋口くんと友達になるために、ここにいるんだから」


一瞬、僕は呼吸を忘れたようになる。

僕と友達になるために、ここにいる？

突然現れて、笑顔で話しかけてきて、ほかの人には見えないように扱われて……。

そんなの、まるで――。

「って言ったら、お友達になってくれる？」

考え込んでいたら、彼女は冗談を口にしたかのように笑った。

途端に自分が情けなくなる。真剣に考えていたのが馬鹿みたいじゃないか。

「……ひょっとしてさ、僕が休んでる間に、クラスの連中と何か企んだ？」

「え？　企んだって……」

「皆になんか言われた？　僕はまともな友達もいない、独り言を呟いてる変なやつだって。そんな僕をからかおうとして、皆で君が見えていないみたいに振舞って……。君と僕が友達になった途端に、身の程知らずとか言って、皆で笑おうとしてるとか」

「そんなこと、してないよ。しようと思うはずもない」

有馬は驚きつつも、どこか胸をつかれたような表情で言葉を返してきた。

彼女と目を合わせていられなくて、僕は視線をそらす。

「冗談ばかり言う人のこと、あんまり信頼できない。君は友達が欲しいだけかもしれないけど……。僕は候補者から外してくれないかな。放っておいてほしい」

そういったことを告げると、僕は空き教室から一人で出ていった。

廊下では青春が群れをなして歩いていたが、僕はそこから離れて今日も一人だった。

2

「あ……おはよう。樋口くん」

翌日、教室に足を運ぶと有馬は隣の席にいた。

奇妙に聞こえるかもしれないが、有馬はもう、いないものだと思っていた。あるいはいた場合でも、話しかけてくることはないだろうと考えていた。

昨日、有馬を拒絶したあとに時間を潰してから教室に戻ると、彼女の姿はなかった。

授業が始まっても姿を見せない。隣の席はぽっかりとあいていた。

クラスメイトたちは、そのことを特に気にしている様子はなかった。

存在そのものが幻だったかのように、有馬は姿を消していた。

その有馬に挨拶されても、僕は昨日と同じように無視する。やがていつものようにホームルームが行われ、授業も開始された。

休み時間になっても、有馬が話しかけてくることはなかった。

授業中に頭を冷やして、僕はあることが分かりかけていた。

有馬が皆と企んで、僕を笑い物にしようとしているはずがなかったんだ。そんなこと、僕一人に対して、あまりにも労力がかかる。割に合わない。

有馬は単に気のいい人間で、他人を楽しませようとして冗談を言ったり、時にそれが大げさになることもあるんだろう。昨日の言葉だって、その類のもののはずだ。

でも、だからといってどうする？　今さら謝って、友達になろうとでもするのか？

自問自答している間に時間は過ぎ、気付けば昼休みになっていた。

昼休み中の教室は息が詰まる。酸素が足りない。水中から浮かび上がって酸素を求める魚のように、僕は大きく息を吸おうとして、合鍵を手にして屋上に向かった。

教師に無断で作ったその合鍵を使い、一人で屋上に出る。

高いフェンスが張られていないため、見晴らしがいい。風は動かず、静かだ。求めていた通りに、大きく息を吸った。ここには僕と青空しか存在していない。

どこからか姿を見られる可能性があり、普段なら屋上に来てもじっとしていた。

だけどふと、自分がいない時の有馬の様子が気になった。

屋上の端に進み、自分のクラスを覗き見る。窓際がちょうど確認できた。

一番後ろの席に、有馬の姿はなかった。

僕と同じようにどこかに一人でいるのか、それとも……。

午後からもいつも通りに授業が行われる。有馬は昨日みたいに途中でいなくなるかと思ったが、最後まで授業に参加していた。

もはや当然のように、クラスメイトからは見向きもされていなかった。

そんな日々でちょっとした事件が起きたのは、翌日の放課後のことだった。


僕はその日の放課後、図書室で時間を潰していた。帰宅部なのに、家にいるのが好きではなかった。少し気になっていた新刊を読み終えたあと、自分の教室に立ち寄る。

思ったより早く新刊を読み終えてしまい、帰宅してからやることがなくなった。机の中に放置していた課題を、取りに行こうと考えてのことだ。

オレンジ色に染まる教室に足を踏み入れると、窓際の一番後ろの机に、奇妙なものが置かれていた。

ガラスの花瓶だ。見るからに安物の造花がそこに活けられている。

僕は無言になってしまう。

それが本来的には誰に向けて、どんな意図で置かれているのかは分からない。有馬が来る前にもよく行われていた。明日の朝、皆で物笑いの種にするんだろうか。無視しよう。下らないことに関わると、ろくな結末にならない。

なのに……僕は、何をしているんだろう。

気付くと花瓶を手にして、造花を近くのゴミ箱に放り込んでいた。

その時、誰かに見られているような視線を感じた。とっさに廊下側に目を向ける。

「あんた、何してんの？」

クラスメイトが教室前方の扉付近にいて、怪訝そうに僕を見ていた。

これまで会話らしい会話すらしたこともない、派手なタイプの女生徒たちだ。

「いや、その……」

睨(にら)みつけられ、情けないことに怯(ひる)みそうになってしまう。

「さっき先生が通りかかって、片付けておけって言われたから」

言い訳をしたが、彼女たちはすぐには納得しなかった。

「誰に？」と問われ、思いつくままに先生の名前を出す。顔を合わせて小声で何か話していたが「あっそ。じゃあまぁ、適当に頑張って」と言うと彼女たちは去っていった。

難を逃れたようで、息を吐く。花瓶をどうしようかと考えた。

「なんで、嘘(うそ)ついたの？」

再び声をかけられて、驚いてしまう。

彼女たちが戻ってきたのかと思ったが、相手は意外なことに有馬だった。

なぜか困ったように笑いながら、彼女は僕を見ていた。

「放っておけばいいのに。どうせ前からやってたんでしょ？　そんなことして、なんの意味があるのか分からないけど」

困惑しつつも、僕はひとまず自分の机に花瓶を置いた。有馬と向き合う。

「なんか、嫌だったから」

「やっぱりさ、樋口くんは優しい人なんだよ」

「……だけど別に、誰かのためにやったわけじゃないから」

「そうなの？」

「自分が単に嫌だったから、そうしただけで」

こういう気持ちは、分かってもらえるだろうか。他人のためにするのではなく、全てを自分の個人的な感情に由来させたい。

自分がしたいから、する。その行為に何かを求めない。

自嘲するように唇を引き結んでいると、「それ、分かるかも」と有馬は応じた。

「樋口くんは、押し付けたくないんだよね？　見返りだって欲しくないし、ただ自分がしたいから、してるだけ。優しいねって、評価されるためにしてるわけでもない」

そう言った直後、「でも、だからこそ」と有馬は続けた。

「誰かがその人のこと、優しいねって言ってあげなくちゃ。分かってるぞって。私は少なくとも、そう思う。だから怒られても言うよ。樋口くんは優しい人だよ」

有馬は何も分かってないな、と思ったあと、彼女の言葉こそ優しいものだと知る。

そんな優しい人物に、僕は……。

「ごめん。この間は、有馬を拒絶するようなことを言って」

気付くと僕は、謝罪の言葉を口にしていた。

「あとから考えると、僕を陥れるために友達になろうとするなんて……そんなはずがなかったんだ。僕一人を笑い物にするために、いくらなんでも労力がかかりすぎてる」

気まずさを引きずりながら、有馬と目を合わせる。

「本当にごめん。変なことを言って。有馬を疑って」

すると有馬は首を横に振った。

「ううん。こっちこそ、ごめんなさい。樋口くんは真剣に向き合ってくれてたのに、冗談まじりみたいに言うべきじゃなかった。私こそ、本当にごめん」

有馬はそう言うと、深々と頭を下げてきた。

僕が「いや、そんな」と応じると、有馬は顔を上げる。

「けどね、少し話しただけでも、樋口くんのことが分かったのは本当だよ」

「そうなんだ」

「うん。それで……。私と樋口くんの寂しさは完全には違うけど、でも人は本質的に、似たような寂しさを抱えた人同士じゃないと、仲良くなれないと思うんだ」

「有馬は、何を言おうとしてるんだ？」

「つまりはさ、寂しいはぐれ者同士、仲良くしましょって話」

有馬はそう答えると、人懐っこい笑顔を見せた。

その笑顔さえあれば、この学校の誰とだって仲良くなれそうだった。

なのに有馬は一人だ。空気と化していて、友達もいない。

「というか、君みたいな人が、なんで転校したばかりではぐれてるの？」

踏み込んでは悪いかと思ったが、かすかに有馬に心を許し始めている自分がいた。

「それは……転校初日に、大暴れしたから」

「は？」

「と、いう設定にしておいて」

「なんで設定？」

「ほら、私ってミステリアスなところあるじゃん」

「じゃんって、知らないから」

「お、いい突っ込み」

はぐらかされた気もするが、無視されてる理由なんて進んで話したくはないだろう。

少なくとも、同じ立場の自分はそうだから。

ただ……ほんの少し違和感もあった。

彼女の存在に対して、僕はまるで現実感を覚えることができない。

それは彼女の存在が、透き通るほどに美しいからだろうか。あるいは……。

「樋口くん、どうしたの？」

彼女はやはりどこか、僕が小学生の時に現れた〝特殊な友達〟に似ていた。

その友達は、僕にほかの友達ができると徐々に姿を見せなくなった。

自分の役目は終わったとばかりに、気付いた時には消えていた。

容姿こそはっきりと覚えていないが、有馬みたいに気さくに声をかけてきて、友達になろうと持ちかけてくれたことは覚えている。それで僕が、救われたことも。

「有馬……」

「ん、何？」

「正直、有馬のこと、僕はよく分からないんだけど」

「え、ひどくないですか？」

「茶化すなよ」

僕が言うと、へへ、とでも口にしたげに、彼女は嬉しそうに笑った。

一瞬、僕はその笑顔に怯んでしまう。光を恐れる動物みたいに。暗闇や穴倉でしか棲めない動物が、この世には確かにいるみたいに。

けれど、そんな動物になり切れないからこそ、求めてしまう。

暗闇の中で火を灯(とも)そうとしてしまう。

「そんな感じで、君のことはよく分からないけど」

「けど?」

「はぐれ者同士ってことで、君と友達になるのも、いいかもしれないと思い始めてる」

「え、本当?」

「うん。本当」

「嘘じゃないよね?」

「有馬、疑い深すぎだって」

そう応じながら僕は苦笑していた。今、こうして苦笑できていることに驚く。

有馬帆花という存在は、清く正しく、僕の日常を侵略していた。

本当にこれでいいのかと、迷いもした。寂しさを忘れていいのか。寂しかった頃の気持ちを覚えていなくていいのか。

しかし友達ができたからといって、本質的に寂しさを忘れられるわけじゃない。

そう考えること自体が、とても、寂しいものだけど。

「じゃあ今日から友達だね。よろしく、樋口くん」

「あぁ、うん……。よろしく、有馬」

「あれ？　なんか照れてない？」

「夕陽のせいだろ」

「じゃあまぁ、そういうことにしておきます」

転校生として、僕の日常に突然現れた女の子。有馬帆花。

黄色い光を放つように笑って、群青色のように鈍くなった僕の感情を、彼女は揺り動かしてくれた。ただ……。

あとから思い返すと、その時には既に、彼女の正体について多くのヒントがあった。

だけど当時の僕は、そのことに意識を向けなかった。

あるいは意図的に、深く考えるのを避けていたのかもしれない。

それでも、一つだけはっきりしていることがある。

その時から僕と有馬の付き合いが始まったことだ。

僕と有馬は徐々に心を通わせて、純粋に〝友達〟といえる関係になっていく。

いつか有馬が、自分の正体を告げるその時まで……。

僕らは単なる友達として、日々を過ごしていく。

3

有馬と放課後に話して以降、僕の日常は少しずつだけど、明確に変わり始めた。

「あ、おはよう樋口くん」

朝、登校して教室に行くと有馬は変わらずに挨拶をしてくる。僕は完全に無視するのではなく、椅子に腰かけたあとにひっそりと手で挨拶を返すようになった。

変に目立つのは避けたかったので、申し訳ないが有馬にも同意を得て、教室でのコミュニケーションは控えめにさせてもらった。

ホームルームに授業、休み時間と、以前と変わらずに教室の隅で目立たずに過ごす。

それが、二時間目終わりの休み時間のことだ。机で寝るフリをしていると、「樋口くーん」と、有馬に小声で呼ばれた気がした。

隣に視線を向けると、同じように机にうつ伏せになった有馬が僕を見ていた。

突然変な顔をしてきて、僕を笑わせようとしてくる。寸前のところでこらえ、ば〜か、と口だけ動かすと、有馬は楽しそうに笑った。

教室でこそ有馬との会話は控えていたが、クラスメイトのいない場所でならその必要もなかった。せっかくなので、自分の居場所の一つに彼女を招待することに決めた。

「え？　お昼ご飯だよね。どこに行くの？」

「いいところ」

昼休みが始まると、有馬を促して廊下に出る。万が一にも誰かに屋上に出入りしているると勘ぐられないよう、教師や生徒と遭遇しにくいルートを二人で進んだ。

「いいところって……ははぁん、なるほど。二人きりになれる、いいところ？　ご休憩ができる的な？」

「思春期の思考って厄介だよな」

有馬の軽口を一蹴し、階段を上る。屋上と繋（つな）がる扉の前にたどり着いた。

僕がポケットから合鍵を取り出して使う姿を、有馬は驚いたように見ていた。施錠を解くと屋上に無断で侵入する。彼女もそれに続いた。

「樋口くん、ワルだねぇ」

僕が空を仰いでいると、ニヤついた顔で有馬が言ってくる。

「まぁ確かに。こうやって共犯者を作ってるんだから」

「え、そっち？　ていうか私、共犯？」

周囲の目がないこともあり、気軽にお喋（しゃべ）りをする。僕は扉付近の壁に背中を預けて、コンビニの袋から昼食を取り出した。

そういえばと思い、隣の有馬を見る。

「有馬、お昼ご飯は持ってきてないのか？」

「あ、うん。私ならダイエット中だから気にしないで」

「ダイエットって……。別にどこも太ってないと思うけど」

「いや、こう見えて胸の部分には結構あるよ」

「そういうことを言ってるんじゃない」

からかわれて苦笑しながら返すと、面白がっていた有馬が思い出したように言う。

「ちなみになんだけど、さっき使ってたのって合鍵だよね？　いつから持ってたの？」

「高校に入って、わりとすぐかな。ほかの鍵を借りたついでに……ちょっとね」

「よくそんなこと思いついたね」

「中学の頃からやってたし。僕が始めたことじゃないんだけど」

何気なく答えていたが、刺すような感触を伴って胸が痛んだ。

中学時代の話はあまりしたくなかった。

気配で気付いたのか、それ以上は有馬も聞いてこない。

思わず空を見上げる。六月の麗らかな日差しは、透明に澄んでいた。その光が自分の一番奥の部分にまで降り注ぎ、そっと照らしてくるようにすら感じる。

その感触に誘われてか、様々な人の面影が脳裏を過った。ふと……。

「有馬って、さ」

「ん、何？」

「以前に僕と、どこかで会ったことってないよね？」

質問が唐突だったせいか、彼女からすぐに返答はなかった。

少し気になって視線を移すと、有馬は口元を緩めて、また軽口を叩く。

「まさか、ナンパってやつですか？」

「そんなわけないだろ」

「私、ナンパされたことないんだよね。せっかくだし、今してみてよ」

「変なことを聞いた僕が悪かった」

「ナンパしてくれないと許しません」

「勘弁してくれってば」

僕が苦り切った顔になると、有馬が微笑んで答える。

「樋口くんと話すのは、この間が初めてだよ」

僕一人だけが昼食をとりながら、それからも二人で他愛ない話をした。趣味のこと。血液型のこと。家族構成や、どこに住んでいるかなど。

日常に潜む、あるいは日常そのものの楽しい瞬間に触れたような気分だった。

いつしか僕は、有馬との会話を純粋に楽しんでいた。自然に表情を緩めていた。

昼休みの終わりを知らせるチャイムを、久しぶりに惜しいと感じた。

「さ、というわけで放課後は校舎を案内してよ」

放課後になると、教室から人がいなくなるのを待って有馬が話しかけてくる。有馬が話したそうにしていたので、僕もつい待ってしまっていた。

「いや、どういうわけで？」

「だって転校してきたばかりで、この学校のことよく知らないし」

「僕だって、そんなに詳しいわけじゃないよ」

「樋口くんのお勧めスポットとかないの？」

「お勧めって言われても……屋上とか？」

「あ、私も合鍵欲しい」

「じゃあ針金を用意しておくよ」

「え……それで樋口くんの首を絞めて奪えと？　やだ、弱肉強食じゃん」

「弱肉強食の使い方、絶対に間違えてると思うけどな」

転校生への案内といっても、具体的に何をすればいいか分からなかった。

とりあえず、できる範囲で校舎を案内することにした。

何かあった時のための保健室の場所だったり、知っているだろうけど職員室の場所だったり、僕のお気に入りの図書室だったり。

「へー。ここの図書室、雰囲気いいね」

「過疎ってるところもお気に入りなんだ」

学校での居場所は、小学生の頃から変わらない。特に小学校低学年のイジメられていた時期は、休み時間になると図書室で息を潜めていた。

学校で息を潜めずに済む生き方をしている同級生が、羨ましかった。

思えば、初めて〝特殊な友達〟と出会ったのも図書室の片隅でだった。

「樋口くんが好きなのって、純文学系だっけ？」

有馬と書棚を巡りながら、利用者に気遣って小声で会話する。

「そうだね。有馬が好きなのは恋愛小説だっけ？」

「そうそう。素敵な恋愛が綴られてるやつね」

「素敵な恋愛……」

「絶句しないでよ」

「悪い。今の自分と一番無縁な言葉だったから」

素直に感想を口にすると、有馬は立ち止まって前のめりの体勢で言ってくる。

「それじゃダメだよ。自分にも素敵な恋愛ができると思い込まなくちゃ。恋愛に興味がないわけじゃないでしょ？」

「いや、それは……。でも、思い込むって」

苦笑していると、「思い込みって、案外重要だから」と有馬は続けた。

「行動しないと人生は変わらない。その最初の一歩が、思い込みからくるものでもいいと思うの。その思い込みが現実を変えて、可能性を広げて、自分を前に進ませる。私はそう信じてる。だから……」

そんなふうに説く有馬を、僕は呆然(ぼうぜん)と見つめる。

「少年よ、大志は抱かなくていいから、思い込め」

ほんの一瞬だけど、彼女という存在の核心に触れた気がした。

彼女はこの込み合った現実の中で、シンプルな真実を好んでいた。

本当に変なやつだなと、僕はそっと微笑む。

「有馬ってさ、頭が良(い)いのか悪いのか、よく分からないよな」

「そういう樋口くんは時々、私に辛辣だよね」

「君にだけは正直者なんだって、思い込んでくれよ」

「ん〜〜。オーケー。それなら悪くないかも」

「ちょろい」

「ひどっ」

図書室を一通り見てからは、校内を二人でぶらぶらと回った。特になんでもない案内だったけど、有馬は満足そうにしてくれていた。

早いもので、翌日にはもう週の終わりの金曜日になった。普通なら土日を心待ちにするものかもしれないが、僕にはなんの感慨もない。

土日を寝て過ごすと、また月曜日に起きて学校に行くのが憂鬱ではあったが。

有馬は相変わらず無視され続けていたが、本人は特に気にしている様子もなかった。

ただ、昼休みになってもなぜか昼食をとらない。それどころか、人前で何かを口にしている姿すら見せなかった。

そんな有馬は屋上が気に入ったようで、金曜の昼休みも放課後も二人でそこで話した。

ふと気付いた時には、驚くことに夕方になっていた。

僕は時間を忘れて有馬と話し込んでいた。遊ぶことに夢中だった、いつかの小学生の頃みたいに。そういう純粋な気持ちや記憶を、随分と忘れていた気がした。

「じゃあ来週は、樋口くんの地元を案内してもらおうかな」

「いや、なんでだよ」

夕陽は空の彼方（かなた）で落下を始め、屋上は眩（まぶ）しいほどの黄金色に染まろうとしていた。

「私の行動範囲が広がるから」

「有馬と遭遇する可能性が高まるってこと？」

「そうとも言えるね。休日にばったり会えたら嬉しい？」

「できるだけ休日は知り合いに会いたくないから、苦しい」

冗談を口にするような調子で応じると、「え〜」などと言って有馬が笑う。

「ちなみに樋口くんは、土日は何してるの？　部活に入ってないし休みだよね？」

「まぁそうだけど……特に何も」

「じゃあデートでもする？」

「そういう冗談、嫌いだって知ってるだろ？」

「えー。冗談じゃないのにー」

「はいはい」

有馬との時間に名残惜しさを覚えつつも、陽が完全に落ちる前に屋上をあとにした。

昨日も一昨日もそうだったが、僕と同じで電車通学だという有馬と、最寄り駅までの道を歩く。

乗車する電車は反対方向で、ホームは別々だ。僕らはホーム前の階段で別れた。

「それじゃね、樋口くん。また来週」

「あぁ」

僕は一人、ホームに立って電車が来るのを待った。

また来週……か。そう考えながら見上げた空は、綺麗な茜色(あかねいろ)に変わっていた。

夕陽の光は、どこか優しい気がする。全てを白日に晒(さら)す日中の光とは異なり、隠しておきたいことを許してくれるような、そんな光だ。

しばらくすると反対のホームに有馬が現れた。同じようなタイミングで、僕が立っていたホームに電車が来る。それに乗車し、窓から反対のホームを覗いた。

僕に気付いた有馬が、微笑んで手を振ってきた。

僕も軽く振り返す。やがて電車が出発し、視界の中の有馬が遠ざかっていく。

電車の窓ガラスには薄く笑う自分が映っていた。


僕の日常は有馬が現れたことで変わった。多分、良い方向に変わったんだと思う。

しかし、この世界では良いことばかりは起こらない。

良いこともあれば悪いこともある。

神様に調和を図られているかのように、平均に収束していくのがこの人生だ。

4

月曜日を迎えると、空は朝から晴れ渡っていた。雲一つない。

誰もがきっとそうなんだろうけど、月曜日の朝は少し憂鬱だ。そのせいで寝起きはいつもぐずぐずしているはずが、不思議とベッドからすっと抜け出すことができた。

朝の新鮮な空気を吸い込み、洗面所で顔を洗って歯を磨く。

食卓ではお互いに無言だったが、僕が月曜日にきちんと起きて規則正しくしていることに、両親は驚いている様子だった。

時間を持て余したので、身支度を済ませると早めに家を出た。足取りが軽い。ひょっとすると、数日ぶりに有馬と会えるのを楽しみにしているのかもしれない。

時間帯が早いこともあり、教室に到着しても人影は少なかった。有馬の姿もない。

自分の席に腰かけ、鞄から必要なものを取り出す。ふと、視線を感じた。

気になって目をやると、先に教室に来ていた女生徒の何人かが集まって話していた。

僕が見ていることに気付いてだろう。視線がそらされる。

「空気に向かって、話してんじゃねぇよ」

え……？

一瞬、ショックで思考が途切れた。相手は派手なタイプで、クラスでも目立つグループに所属している。先日、放課後の教室で僕に声をかけてきた女生徒だ。

僕が硬直していることを察したのか、周りの人と一緒になってクスクスと笑う。

「いや、そういうアンタが空気に向かって話してるし」

「確かに。つい独り言を呟いちゃった」

「独り言は本当にキモいからね。気を付けなよ」

ここでは今、至極単純なことが行われていた。僕は彼女たちに馬鹿にされていた。

身動きが取れなくなっている間にも、彼女たちは会話を続ける。

「そういえばアイツ、やっぱり学校辞めたらしいよ」

「あぁ、そうなんだ？」

「たいして友達もいなかったし、誰も悲しまないからいいよね」

アイツとは、かつて僕の隣の席にいた女生徒のことだろうか。

いたたまれなくなって席を立った瞬間、彼女たちは警戒した眼差し（まなざし）を向けてきた。僕がキレて、摑（つか）みかかってくると思ったのかもしれない。

単純に、学校にいたくなかっただけだ。鞄を持って廊下に足を進ませる。

有馬が現れてくれて忘れていたが、学校は僕にとって好ましい場所じゃない。

教室の扉を開けて廊下に出る。うつむきがちな顔を上げたところで……驚いた。

目の前には有馬がいた。

口が固く結ばれ、見るからに怒った表情をしている。先ほどの会話を聞いていたのかもしれない。僕と目が合うと、彼女は苦笑してみせた。

「おはよ、樋口くん」

「あ、うん……」

「まぁ、ああいうのは相手にしても仕方ないよ」

僕は多分、情けない顔をしていたんだと思う。有馬に気遣われてしまう。

さらに情けないことに、有馬のその一言で救われていた。行き場のない気持ちが、たった一言、友達から言葉をかけられたことで軽くなっていた。

そんな僕に有馬は微笑みかける。それから彼女は……。

「よし！　今日は二人で学校サボっちゃおうぜ」

と、言った。


結局、僕たちは本当に学校をサボることにした。今はとりあえず落ち着こうと、隣町の駅前にあるチェーン店の喫茶店に来ている。

僕はコーヒーをカウンターで注文したが、有馬は「先に席を取ってるね」と言って何も頼んでいない。聞けば学校をサボるのが初めてということで、ソワソワしていた。

「逆に聞くけど、樋口くんはそんなに経験あるの？」

「僕はまぁ……結構あるよ」

「相変わらず、ワルだね」

「小心者の小悪党だけどね」

制服姿ということもあって、奥まった場所にあるカウンター席に並んで座った。

有馬と話していると、落ち込んでいた気分が徐々に晴れていくのを感じる。

『空気に向かって、話してんじゃねぇよ』

ただ、完全には吹っ切れていないようだ。神妙な顔つきになってしまう。思い出さないように意識すればするほど、あの言葉が勝手に響き始める。

人間の意識や精神の不便さを思う。どうして簡単に消去できないのだろう。

「どうしたの？　大丈夫、樋口くん」

「あ、あぁ。いや、大丈夫だよ」

繕ってみせたが有馬は気にしている様子だった。気落ちしたようにうつむいてしまう。

「目立ちたくないって言ってたのに。私のせいで、ごめんね」

「別に有馬のせいじゃないよ。実際に、僕はよく独り言を呟いてたから」

「でも……。百パーセント私のせいだと思うけど」

そんなことないと再び否定しようとしたが、堂々巡りになってしまう。

「しょげるなんて、有馬らしくないぞ」

だから無理にでも微笑んでみせた。まだ有馬のことを深く知っているわけではないが、彼女には気落ちした表情よりも、明るい表情の方がよく似合う。

僕が笑顔を向けたことが意外だったのか、有馬は軽く目を見開かせた。

何かを思案するような間を置いたあと、「うん」と言って頷く。

「確かに、そうだね。せっかくサボったんだし、二人で楽しく遊び歩いちゃおうか」

「まだ何をするにも早いから、時間を潰す必要はあるけどね。ちなみに、有馬はしたいことってある？」

「え？　うーん。そうだなぁ」

尋ねると有馬は真剣に考え始める。彼女がいつもの調子に戻ったことに安心した。

制服姿で店内にいるのは気になったが、朝の時間帯なこともあってか、特に注目されていない。少し離れた席では、大学生と思われる男性が虚空に向けて話していた。

そういった光景も見慣れてきた。マイク付きの小型イヤホンで通話しているんだろう。

小さい頃に比べて街は、他人に寛容的に、あるいは無関心になってきた。

学校という、小さな箱とは違って……。

今、その学校をサボって有馬と二人でいる状況を不可思議に思いながら、有馬の存在が自分の中で大きくなっているのを感じた。

僕は本当はずっと、誰かと知り合いたかったのかもしれない。友達と呼べる誰かを無意識に求めて……。

「やってみたいこと、決まったかも！」

漠然とした思考に僕が打たれている間にも、有馬は何かを決めたようだった。

「せっかくだし、ここは定番の――」

喫茶店で十時になるまで時間を潰したあと、有馬が希望した場所に向かう。

そこは、学校をサボった学生が絶対に足を踏み入れてはいけない場所、ゲームセンターだった。

僕は習慣として、いつでも学校をサボれるように私服を鞄に入れていた。

ゲームセンターに着くと、トイレに行くと言って着替えてくる。

「え……なんで私服？」

「そりゃ、警察に見つかったら補導されるから」

戻ってきた僕を見て、有馬は目を丸くしていた。

「そんなこと、現実であるの？　軽く注意されるとかじゃなくて？」

「よし、ならなんでも経験だ。学校をサボってゲーセンに行き、補導されて学校や親に連絡されるという貴重な体験をするんだ」

「えぇ？」

有馬は焦ったように声を上げていたが、落ち込んでいた僕を楽しませるために、あえてコミカルにしているんじゃないかとも思ってしまう。

心配なら近くの店で服を買ってきたらと勧めようとして、店内から通りに目をやる。

そこで、見つけてはいけないものを見つけてしまった。

二人組の男性警察官が街を巡回していた。

同じようにその光景を目にした有馬が「え、嘘」と慌て始め、僕の後ろに隠れる。

「あれ、警察じゃん」

「さすが有馬だな。持ってるよな」

「逆だから。持ってないから」

「けど、笑いの才能はあるんじゃないか？」

苦笑するような顔つきで僕が後ろを向くと、有馬は口を尖らせた。

「笑われる才能な気がするけど……。というか、本当にどうしよう」

「見つからないうちに外に出るか、奥に引きこもる。あとは……」

私服に代わるものがないかと、店内を見回す。

見つけた。クレーンゲームの景品だ。何かのアニメの美少女キャラが大きくプリントされたTシャツが、ゲーム機の中で見本として掲示されていた。

「えっと……。樋口くん？　何を考えていらっしゃるんですか？」

僕の視線に気付いたらしい有馬が、その景品を見て顔を引きつらせる。

「多分、有馬が考えてるのと同じことだよ」

「いや……でも私、女の子だし」

「有馬なら、なんでも着こなせそうな気がするけどな」

「こういう時だけ褒めるの、ズルくない？」

「いつも褒めてなかったっけ？」

「覚えがございません」

「愉快な女の子だなって、確か褒めたよ」

「言われてないし、それきっと樋口くんの心の声だし、そもそも褒め言葉じゃないし」

「分かったよ。じゃあ僕が取るから、プレゼントってことで」

「ちょっと待って、着る前提で進んでない？」

ゲーム機の前に移動し、百円を投入する。Tシャツはボトルに入っていて持ち上げるのが難しそうだ。慎重に狙いを定めてアームを動かしていく。

乗り気じゃなかったのに、ゲームが始まると有馬は協力的だった。時間内なら左右や前後にアームを何度も動かせる機種のため、細かくアドバイスしてくれる。

「もうちょい右じゃない？　あ、いい感じ。よし、いけ、いけ………あぁ、惜しい」

「さっきまで渋ってたのに、急に乗り気になったね」

「乗り気じゃないけど……勝負には勝ちたいタイプだから」

「クレーンゲームって勝負だったんだ」

一回で上手くいくとは思っていない。二回、三回と続けて挑戦する。

「よし！　そこ、そこ。いけいけ……やった！　あがった！　あがった！」

「有馬、はしゃぎすぎ」

「いいじゃん。せっかくのデートなんだし」

「デートじゃないから。って……なかなか上手くいかないな」

いつしか僕らは、そのゲームに没頭していた。

もう一回と百円を投入したところで、出入り口の扉が開く気配がした。呑気なクレーンゲームのBGMを耳にしながら、反射的に視線を移す。

先ほどの男性警察官が二人、店内に入ってくるところだった。

思わぬ展開に声を失う。僕が見ているのを察知してか、二人はこちらに向けて歩いてきた。マズい。このタイミングだと。

「君、一人？」

「え……」

我ながら間抜けなことだが、声を漏らしたあとに有馬を探してしまった。

その挙動が不審に思われたのか、警察官に重ねて尋ねられる。

「なに？　誰かいるの？」

「あ、いや、そうではなくて……」

焦りつつも、とっさに言い訳を考えた。

「その、ゲームをプレイ中だったもので……。百円が無駄になった場合、店員さんにどうお願いしようかと思って、探してしまって」

するとタイミングよく、クレーンゲームのBGMが変わった。

操作可能な時間を過ぎたようで、アームが下りて何もないところを掴み始める。

その光景を見守っていると、警察官がなんとも言えない表情で謝ってきた。

「あぁ……悪かったね。私から店員さんに説明しようか？」

「まぁでも、百円のことなんで。気にしないでください」

「悪いね。ちなみに確認なんだけど、高校生ではないよね？　こんな時間だし」

「はい。近くの大学に通ってます。講義は午後からなんですが……。どうしてもこのTシャツが欲しくて」

美少女キャラがプリントされた景品の見本を見て、警察官が苦笑する。

「百円を無駄にさせてしまって、本当に悪かったね。それじゃ、我々はここで」

店内を巡回するらしく、その場を去っていく彼らの背中を黙って見送った。

ほっと息をつくと同時に、周囲に視線を巡らせる。

有馬は一瞬にして消えていた。僕の視界から、煙のように姿を消していた。

「樋口く〜〜ん」

と、どこからか、その有馬の声が聞こえてくる気がした。目をやると、背後のクレーンゲーム機の後ろから、有馬が顔を覗かせていた。手招きされてそちらに移動する。

「有馬？」

「ごめんね、警察の姿が見えたから慌てて隠れたんだ。声をかける余裕もなくて」

無言で、目の前の少女を見つめてしまう。

ある日突然、彼女は僕の世界に現れた。自らを転校生だと名乗り、学校で一人だった僕に微笑みかけてくれた。気さくに話しかけて、友達になろうと言ってくれた。

この考えは何度目だろう。冷静に考えて、そんな子が突然現れるはずがないのだ。

それこそ……。

「樋口くん？」

「あ、あぁ。いや、見つからなくてよかったよ」

「というか、今なら警察に見つからずに出られるんじゃない？」

「確かに、そうかもな」

店内の警察官に見つからないよう、注意しながらゲームセンターの外に出る。

外には別の警察官がいた。などというオチもなく、無事に脱出することができた。

「あぁ、空気が美味しい。太陽が眩しい！」

有馬は晴れ晴れとした顔で、空を仰いでいる。

「って、ちなみに今見つかったら、なんて言えばいいの？」

かと思えば心配になったのか、真剣な表情で尋ねてきた。

コロコロと変わる有馬の表情を目にして、思わず笑みをこぼしてしまう。

「出てくる瞬間を見られなければ大丈夫だよ。街中でなら声をかけられても、病院で用事があって、今から学校に行くところだとか、適当に言っておけば大丈夫だから」

「そっか……。樋口くん、慣れてるね」

「有馬よりはな」

それでもゲームセンターの前にいるのは好ましくなかったので、有馬と歩き始める。

私服と制服の二人で、目的もなく街をぶらついた。

「ねぇ、これからどうする？」

有馬は微笑んでいた。常に楽しいことを探している、無邪気な子どもみたいに。

「まだ十一時前だし、映画とか見てもいいけど」

「学校サボって映画！　それも楽しそうだね」

「あとは……なんならもう一回、別のゲームセンターに行ったりとか？」

「いや、私が最初に希望した場所だけど、そんなに私が補導される姿が見たいの？　割とシュールな光景だと思うよ」

ふと想像してしまう。空想の中、情けない顔をした有馬が警察に補導されていた。

ふき出したように笑うと、有馬に拗ねられる。

考えた末、僕らが向かったのはカラオケのチェーン店だった。冷暖房完備でワイファイもあり、クーポンを利用すると平日は千円かからない。それで数時間滞在できる。

「個室で二人きりって、ドキドキするね」

受付を済ませて部屋へと移動する最中、有馬がそんなことを言ってきた。

明らかに面白半分で言っている。僕は踵を返した。

「よし、キャンセルして出ようか。学生らしく、公園で鳩に餌でもやろう」

「ごめんってば、冗談だから。それに鳩に餌やるの、全然学生らしくないよ」

「でもやってみると、案外楽しいかもしれないよ」

「私が調子に乗って餌を撒きまくって、ものすごい数の鳩が集まって、焦る姿しか想像できないよ」

「想像の中の有馬はいつも愉快だな。警察に補導されたり、鳩にたかられたり」

「……なんか私、このキャラでいいのか不安になってきた」

二人では無駄に広く感じる個室に入り、並んでソファーに腰かける。

とりあえず何か歌おうという流れになったが、有馬はカラオケが苦手だという。

有馬に請われ、仕方ないので久しぶりに歌った。中学生の時に流行っていたバンドの、少しマイナーな曲だ。歌っていると、当時のことが思い出された。

懐かしい曲は記憶を呼び覚ましてくる。なんだか無性に泣きたかった。

「九十三点！　何気にすごくない？　樋口くん」

「次は……知らない曲にしようかな」

適当な番号を専用の機器に打ち込み、流れてくる曲を勘で歌った。意味不明な歌もあれば、思わず歌詞に見入ってしまうような歌もあった。

「これは……私の予想では七十二点かな？」

「いや、もっと低いだろ。四十三点とか？」

「全然知らない曲だったけど、歌詞とか良かったよね」

「それは……思った」

知らない曲を適当に歌い、その点数を有馬と予想するのは楽しかった。

いつの間にか正午を過ぎる。僕はコンビニのパンを鞄に入れているが、有馬は今日も昼食をとらないらしい。何か注文しようかと尋ねると、有馬は遠慮した。

「私のことなら大丈夫だから。本当、気にしないで」

「またダイエットか？」

「というか……ごめん。実はダイエットじゃなくて、誰かとご飯食べるのが苦手なの」

そういう設定？　と尋ねようとして反省する。

人間は複雑で不可解なものだ。他人とご飯を食べることに、ストレスを覚える人だっているだろう。

「あはは」と、あっけらかんとして笑いながら有馬が言葉を重ねる。

「ついでにごめん。私、スマホとかの携帯電話も持ってない。色んな人から次々に連絡がくるの、苦しいんだよね」

「それは……僕も分かるよ」

「色々と面倒なやつでごめんね」

「いいって。有馬はクラスメイトからは無視されてて、一緒にご飯を食べるのは苦手、携帯電話も持ってない。おまけに音痴だから歌えないと」

「なんだか私、そう考えると存在してない人みたいだよね」

僕は曖昧に微笑む。午後からは歌うのをやめて、有馬と色んなことを話した。

「私、転校早々にこんなに仲良くなれるとは思ってなかったよ」

「変な時期の転校で、僕はびっくりしたけどね」

「そういえばさ、私が今いる席って、元は誰かの席だったんだよね？」

「あぁ……。うん。そうだな」

「その人は、どんな人だったの？」

「……皆からは誤解されてたけど、多分、優しい子だったと思う」

「へぇ、そっか」

「まさか、いなくなるなんて思わなかったけど……」

無意識に声のトーンが下がっていたかもしれない。

そのトーンを引きずらないように気を付けながら、有馬に笑顔を向ける。

「有馬はさ。ふらっと現れて、同じように、ふらっといなくならないでくれよ」

僕の発言を有馬は茶化したり、笑い話に変えるかと思った。

「いなくならないよ」

でも、僕の考えとは違った。

「樋口くんから、お前の顔は見たくないって、消えてくれって、そう言われるまでは」

有馬は真剣な口調で応じてきた。

今まで彼女が見せなかった真摯な表情だった。

「な〜んてね。蜃気楼(しんきろう)じゃないんだから、簡単に出たり消えたりしないって」

有馬は明るく笑っていたけど、僕が望めば、本当に消えてしまう気がした。

結局、その日は午後の三時頃まで有馬とカラオケ店にいた。帰宅すると学校から連絡が入っていたらしく、母親にその件を尋ねられる。

「……ちょっと、学校の友達とサボってて」

「え、友達と？」

「迷惑かけたのなら、ごめん」

塞ぎ込んでいる子どもさながらに、僕はぶっきら棒に謝って自分の部屋へと戻る。

僕と家族の間には、ある時から溝が生まれていた。それは僕が作ったものだ。

それ以降、両親は腫れ物を扱うようにして僕と接してくる。

だけど、そんな僕から「友達」という単語が出て、母親は驚いている様子だった。

5

翌日は、少し考えた末にいつも通りに登校した。

『空気に向かって、話してんじゃねぇよ』

正直、あの女生徒がいる教室に行くのに抵抗はあった。またサボってしまおうかとも考えたが、彼女以外にも教室には別の生徒がいる。

それこそ、僕が会いたい生徒が。

「おはよう、有馬」

教室では会話をしないルールになっていたが、先に来ていた彼女に挨拶をした。

突然だったせいか、有馬を含めたクラスメイトは驚いていた。

「うん。おはよう樋口くん」

そんな中でも彼女は朗らかに笑うと、挨拶を返してくれた。

やがて、朝のホームルームが始まる。

昨日学校をサボって自宅に連絡がきた際、母親がうまく対応してくれたようで、僕は病欠扱いになっていた。特に担任から何かを言及されることもなかった。

昼の休み時間も放課後も、当たり前のように僕は有馬と一緒だった。

そうやって彼女と過ごし、水曜日、木曜日と過ぎていく。

気付けば有馬と友達になって、一週間が経っていた。学校では来週に行われる球技大会の話が出ていて、僕はバレーボールの選手として出場予定になっている。

木曜日の放課後は、有馬の提案で僕の地元を探索しようという話になった。

電車で最寄り駅まで移動し家の近所を有馬と歩く。遠くから自分の家を指し示した。

離れた位置からとはいえ、自宅を紹介するのはなんだか恥ずかしかった。

「いい家だね」

「そう？　どこにでもある普通の家だよ」

「知ってる、樋口くん？　どこにでもある家なんて、実はないんだよ」

有馬は建物ではなく、多分だけど、そこに住む家族のことを言っていた気がする。

彼女の言葉が、なんだか切なさをもって胸に響いた。

あまり広くはない、けれど母親がいつも綺麗にしている玄関や、僕が好きな野菜ジュースが常に入っている冷蔵庫。時間になると、必ず食卓に出てくる温かい食事。

鬱陶しく感じる時もあるけど、料理が上手くて優しい母親。

言葉数は少ないが、僕のことを気にして、見守ってくれている不器用な父親。

家族にまつわるそんなことが、懐かしく思い出された。

いつかの小学生の頃、カーネーションを母の日にあげると母親はとても喜んだ。

父親と計画したことで、プレゼントに成功した僕らは拳をぶつけて笑い合った。

なぜだろう。そういう、行くばかりで戻らない幼い頃の記憶がよみがえってきた。

僕は今、どうして両親との間に、溝を作ってしまったんだろう。

あんなに、優しい人たちとの間に……。

「樋口くん？」

僕はきっと、反省するところが多いんだろう。無意識のうちに、そういった申し訳なさや不自由さを、ため込んでいたんだろう。有馬の一言に深く感じ入っていた。

「今、僕さ……。実は両親とあまりうまくいってないんだ。僕が原因、なんだけど」

自宅を眺めながら告白すると、気を遣ってか有馬は黙った。

話を遮ることなく、僕が吐き出したいことを吐き出させてくれた。

「でも、いつか……。いつか、ちゃんとできたらって、思ってる。いきなり何を言ってるんだコイツって、思わせちゃったかもだけど」

不甲斐(ふがい)ないなりに笑おうとして顔を向けると、有馬は優しい表情で微笑んだ。

「そっか」

「うん」

そうやって有馬と過ごし、二度目の金曜日を迎える。教室では会話を極力避けていたけど、屋上では違う。昼の休み時間はそこで、軽口を交えながら有馬と話した。

その時間は楽しかった。友達同士の気軽な会話が僕を喜ばせる。

だけど僕はそうすることで、大切な何かと向き合うのを避けているのかもしれない。

家族の問題も含め、僕には向き合わなくてはいけないことが幾つもあった。

有馬との時間が楽しければ楽しいほど、奇妙なことだが、自分の中にある問題を意識した。正確に言えば、意識する余裕が生まれたのかもしれない。

ひょっとすると有馬は、そんな僕に気付いたんだろうか。

いや、考えすぎか。でも……。

放課後も屋上で話していると、有馬が途中で何かを思い出したように言う。

「そういえば、来週なんだけど……。転校してきた関係で、役所とかに行く必要があるんだよね。だから学校には、あまり来られないかもしれない」

突然のことで驚いてしまう。しばらく無言で有馬の横顔を見つめた。

「そっ……か」

「あれ？　今、明らかにテンション下がったよね？　もしかして寂しかったり？」

「そんなわけないだろ」

「え〜、本当かな？」

「本当だって」

「けど大丈夫。消えるわけじゃないから。またすぐに顔を見せるからね」

有馬は話した通り、翌週になると学校を休んだ。僕は教室で一人になる。

ホームルーム前の喧騒の中、一人であることをどうしようもなく実感した。

でも僕は、その孤独を望んでいた気がする。部屋に一人でいる時の孤独とは違う。人の中にいてこそ実感できる孤独がある。

これまで意識するのを避けていたが、僕はずっとあることから逃げていた。

現在も過去も未来も見えない暗闇の中で、何もせずにうずくまっていた。

しかし人間は、暗闇の中にい続けることはできない。

自分の問題と向き合う時がきたのかもしれない。

正直、向き合うのは恐かった。自分が過去にした選択は多分、正しいものではなかったからだ。けれど選択を後悔しても、人はどこにもたどり着けない。

重要なのは、正しい選択肢を選び続けることではなく、選択した事実を受け入れようとする態度なのかもしれない。そのためにも……。

ふと、その時になって僕は風を感じた。有馬の席に面した窓が、開いていた。

立ち上がって窓をしめる。

自分の席へと戻る間際、視線を何気なく、教室後方の扉付近に移した。

するとそこに、誰かが立っていた。

「あ……」

知らず、僕の口から声が漏れていた。誰かを視界のうちに認めて驚いていた。

一瞬にして、僕の世界が静まり返る。

心臓の鼓動を感じている間に、その人物がゆっくりと足を進めてきた。

僕は彼女の姿を、黙って見守ることしかできない。

長い黒髪に、細長い四肢。切れ長の目をした、怖いくらいに美しい顔。

高校の制服を気崩したその人物が、こちらに歩んでくる。

やがて僕の前で立ち止まると、ふっと笑ってみせた。


「樋口、なんだか楽しそうだね。私がいない間に、いいことでもあった？」

水瀬凜が、僕の前に久しぶりに姿を現した。

そして再び微笑むと、慣れたように、窓際の隣の席に向かった。

水瀬 凜 I

1

出席停止の期間を終えて教室に行くと、クラスメイトが驚いた顔で私を見ていた。

教室に入る間際に耳にしたことだが、学校を辞めたと勘違いした人が多いようだ。

樋口まで驚いた顔をしていたのは正直、少しだけムカついた。

その樋口に挨拶して自分の席に腰かける。隣の席の樋口は窺うように私を見てきた。

「なに？」

「いや、別に……」

樋口は目をそらして、気まずそうな表情をした。

しばらくしてホームルームが始まる。担任は私については触れず、粛々と連絡事項を伝えていた。決まりなのか、私のことをクラスメイトに説明する気はないようだ。

深夜徘徊に飲酒、それに警察騒動。あまりにも馬鹿げた話で、説明されなくてもクラスメイトのほとんどは既に知っているだろう。

樋口に視線を向けると、居心地が悪そうに目を伏せていた。私が学校に来られなくなったのは、自分のせいだと考えているのかもしれない。

樋口とは、小学校四年生からの付き合いになる。

当時からお互いに、教室で浮いていた。今も昔も私は反抗的で周囲に馴染もうとせず、樋口は大人しさに付け込まれてイジメられていた。

教室に居場所がない生徒が行く場所は、大体が決まっている。図書室だ。

そこで私は樋口と親しくなった。同時に、樋口のある秘密を知った。


イマジナリーフレンド、という言葉がある。


本人にしか見えない特殊な〝空想上の友達〟を指す、心理学の用語だ。

私と親しくなる前、話し相手がいなかった樋口には、その友達が見えていたという。

実際に私は、樋口が空気に向かって話している場面を何度か目撃していた。

樋口に興味を持ったのは、それが切っ掛けだったように思う。ほかのクラスメイトとは違って、面白い変なやつだなと。

『ねぇ。今、誰と話してたの？　誰もいないよね』

『え？』

ある日、樋口が図書室の片隅で一人で話しているところに現れて、私は声をかけた。

当時の樋口は、自分だけに見える友達のことをよく知らなかった。私が現れた途端に
イマジナリーフレンドは消えたようで、不思議そうに視線をさまよわせていた。

『多分だけどさ、樋口が話してたの、イマジナリーフレンドってやつだよ。自分だけに見える友達なんだって。図書室の本で読んだことある』

『自分だけに見える友達？』

『そう。ちなみになんだけど、私のことは知ってるよね？』

『う、うん。水瀬……だろ。同じクラスの』

私は目の前で起こっていた現象に興味があり、それから本を探した。海外の児童文学作品だ。日本のものと違って難解な部分もあるが、それをもとに樋口に説明する。

イマジナリーフレンドは自分が作り出している友達で、現実で自分が生きられるように、遊ぶ中で様々なものを与えてくれる。しかし最後には消えていなくなってしまう。

一緒にその本を見ながら説明すると、樋口は瞳をパチパチとさせた。

『じゃあ僕もいつか、あの子と別れなくちゃいけないの？』

『そうなんじゃない？』

素っ気なく返すと樋口は泣きそうになる。その一方で私は、樋口そのものに興味が出始めていた。気弱で頼りなさそうだが、皆とは違う変わったやつ。樋口悠。

『まぁでも、イマジナリーフレンドはいなくなっても、私が友達になってあげるから、それでいいじゃん』

驚いたように樋口は目を見開き、その時から私たちの友達関係が始まる。

言葉を交わすようになって分かったことだけど、樋口は思っていた以上に面白いやつだった。本をよく読んでいるからか知識も豊富で、色んな話題にもついてくる。何よりも樋口は、自分がイジメられていたからこそ、他人の痛みに敏感だった。不用意に人を傷つけない。何気ない言葉の重みを知っている人間だった。

小学生に過ぎない私でも、世の中には色々な人間がいることを知っていた。

自分を大きく見せるために、他人を簡単に傷つけるやつ。

平気で嘘をつくやつ。

優しいフリをして、自分に害が及びそうになると逃げるやつ。

三十人近い生徒が集まる小学校の教室にも、様々な人間がいた。

その中で樋口はいたって平凡な生徒だったが、驚くくらいに優しかった。

そしてイジメられて暗くなっていただけで、私という友達ができると徐々に明るさを取り戻す。単純なものだと思うが、友達一人いるだけで学校なんて簡単に変わる。

それにイジメというのは、小さな教室における、ある種の流行病みたいなものだ。

学年が上がってメンバーが変わると、あっさりなくなった。

イジメなんて、大体がそんなものかもしれない。

ただ、私はそれで少し寂しくなった。五年生でも一緒のクラスになったが、樋口には普通に友達ができ始めていた。私だけが、クラスで孤立していた。

結局、また一人か。クラスの輪から外れた私は、机で頬杖をつきながらそう思った。

『水瀬、一緒に帰ろうよ』

だけど私は一人ではなかったのだ。樋口は以前と変わらずに、私に話しかけてきた。

『樋口？　いや、友達できたんでしょ？　ならそいつらと帰れば』

『でも……。水瀬と一緒の方が、僕は楽しいから』

新しいクラスでは、変わり者の私とのコミュニケーションは樋口の役目となり、私と友達でいる必要もないはずなのに、隣にい続けてくれた。

……そんな樋口のことを好きだと自覚するようになったのは、いつの頃だろう。

感情はいつも透き通っていて、確かにあるはずなのに、目には見えない。

知らないうちにそれは始まっていた。しかしその感情に、私は気付かないフリをした。

六年生も同じクラスになる。その頃になると、樋口がイジメられていたことなんて、ほとんどの生徒が忘れていた。

例のイマジナリーフレンドも、私と親しくなるにつれて姿を見せなくなったという。

変わっていったことはそれだけじゃない。私たちも、いつしか中学生になる。樋口は中学に入ると目に見えて変わった。

身長が急に伸び、少し筋肉もついて、小学生の頃とは別人になる。

樋口のことを、可愛いとか、優しいとか、そういうことを言う女子も現れていた。

小学生の頃、私たちは単純でいられた。男は男で、女は女だ。

男性でも女性でもない。

恋愛に色めき立つ同級生たちを私は鼻で笑った。私は違うと思っていた。

なのに、何が原因なんだろう。私の中で樋口が、図工と国語が得意な優しい男の子から、優柔不断だけど優しい男性に変わったのは。

中学でクラスが離れても、変わらずに話しかけてくれたからだろうか。

私が学校で一人はぐれていると、それと察して声をかけてくれたからか。

体育祭でも文化祭でも、私を見つけると笑顔で手をあげてきて……。

その樋口の隣に、自分の居場所がなかったらと想像すると胸がひどく痛んだ。

私は動揺してしまい、切ないような痛みの原因を考える。

でも別に、なんら難しいことじゃなかった。大げさなことでもない。

ただの……恋だった。胸が痛くなるほどの、苦しいほどの、初恋だった。

2

樋口の存在を意識しながら、久しぶりに学校生活を送る。

授業には問題なくついていけた。勉強自体は嫌いではなかった。自主学習を進めていたこともあり、なんなら授業の方が遅いくらいだ。

休み時間に教室にいると、皆がかすかに緊張しているのが分かる。

クラスの中心グループにいる、名前も覚えていない女子連中が絡んできたりもした。何か馬鹿にするようなことを言ってきたけど、無視し続けると怒って去っていく。

「可愛いからってさ、なんでも許されると思ってるの？」

「思ってないし。そもそもなんでも許されないから、学校に来られなくなったんだけど。それ分かってないの？」

去り際の言葉につい反応すると、般若(はんにゃ)としか形容できない形相で睨みつけてきた。そっちが売った喧嘩(けんか)じゃん。と思いながらも、それで教室の空気は悪くなる。

それが嫌で、お昼の長い休み時間は屋上に行った。

普段は閉鎖されている屋上の合鍵を私は持っていた。生徒の中では、私だけがそこに自由に立ち入ることができる。

屋上に通じる階段を上り、扉のドアノブに手をかける。そこであることに気付いた。いや、違うか。私だけじゃなくて、もう一人いた。一緒に合鍵を作った人間が……。

「樋口」

扉を開けた先には、屋上に一人で佇(たたず)む樋口がいた。名前を呼ぶと振り返る。

樋口は多分、私がここに来ることを予想していたんだと思う。

なんだか、泣きそうな顔をしていた。

「どうしたの、こんなところで？」

「いや、別に……」

足を進めながら話しかけると、樋口は一瞬だけ怯(おび)える。思わず私は立ち止まった。

距離をあけて見つめ合うも、小学生の頃とは違う距離感が遠く、少しだけ悲しい。

「樋口、今日それしか喋(しゃべ)ってないね。いや別に……って」

本当は楽しく、樋口と話がしたい。

なのに私は皮肉めいた口調で話し、皮肉めいた笑みばかりを樋口に見せてしまう。

その樋口は何かに躊躇(ためら)っていた様子だけど、しばらくすると尋ねてきた。

「あの……さ。水瀬が学校に通えなくなってたのって、やっぱり、僕のせいかな」

「なんで？　別に樋口は関係ないよ」

「でも、僕が水瀬にひどいことを言った翌日だったから。警察騒ぎになったって、聞いたの」

こういう口調で話し始める時、樋口のことを神経質な男だなと思う。

優しさが悪い面に出ている。なよなよしている。軟弱者だと。

だけどそんな樋口も含めて、私はけっして嫌いにはなれないのだ。悪いところも良いところもたくさん知っているから。一番親しんできた同級生だから。

「まぁ。でも、仕方ないことじゃん」

「仕方ないって……」

「だって樋口は私のこと、なんとも思ってないんでしょ？」

事の発端は、どこにでも転がっているような些細な恋愛事情だ。

私は樋口のことが好きだった。私だけのものになってもらいたかった。

だから二週間以上も前のあの日、本心が知りたくて放課後の屋上で詰め寄った。

『ねぇ樋口、いい加減……この関係を終わりにしたいんだけど』

『この関係って？』

『樋口に、私のものになってもらいたいの』

その言い方を別のものにできていたなら、少しは違ったのかもしれない。

私は愛情の伝え方が下手だった。

今の両親からそれを受け取ったこともないし、誰かに与えたこともない。

それでも私なりに与えよう、伝えようとしたら不器用な形でしか出てこなかった。

『私のものって、そんな言い方』

『だったらなんて言えばいいの？　付き合うってそういうことでしょ？　私が樋口のものになって、樋口が私のものになる。違う？』

困惑していた樋口が、次第に悲しそうな表情を見せる。私がそんな発言しかできないことを、悲しんでいるようでもあった。

『水瀬の考え方、ちょっと間違ってると思う』

『なんで？　何が？』

『ごめん。昔はそうじゃなかったのに、最近の水瀬のことが分からない。だから……』

樋口は最後まで言い切ることなく、私を残して屋上を去った。

心を上滑りするように風が吹き、触れることすら叶わずに消えていく。

自業自得とはいえ……独りになったあと、泣きそうになってしまった。

悲しさや自分への腹立たしさに打たれながら、時間を置いて一人で家に帰る。

いつものように、家には誰もいなかった。家族で住むはずの一軒家に一人きりだ。

そんな人生にも慣れた。慣れたくないけど慣れてしまった。

辺りは既に暗くなり始めていたが、私服に着替えて外に出た。どこか賑やかな場所に行きたくて、電車で繁華街に向かう。

目的もなく街をさまよった。うつむきがちで、地面ばかりを見ていたように思う。

普通に父親と母親がいる温かい家庭だったり、素直な自分だったり、そういうものが転がっていないかと、探そうとしていたのかもしれない。

だけどそんなもの、転がっているはずがないのだ。落ちているはずがない。転がっているのは人の欲望や下心といった、饐えて腐ってドロドロになったものばかりだ。

気付いた時にはよく知らない男にナンパされ、薄暗いバーみたいな場所に来ていた。

店員とその男は知り合いなのか、未成年でも構わずにお酒を出してきた。

それが本当にお酒だったのかは分からない。でもあとの検査で、私の息からアルコールが検出されたのだから、間違いはないいんだろう。

勧められるがままにお酒を飲み、途中でお手洗いに行くと言って席を立つ。

お手洗いの近くには、お店の紹介カードみたいなものが置いてあった。それを手に取ってお手洗いに入り、未成年にお酒を出している店があると警察に通報した。

それからのことは、あまり覚えていない。

少ししてから席に戻り、店員や隣の男の話を適当に聞いていた。

しばらくして警察がお店にやってくる。私はそこで保護された。

警察署にパトカーで運ばれたあと、すぐに両親と学校に連絡がされたが、両親は電話に出なかったそうだ。

学校側には連絡がついて、担任と教頭が私を迎えに来た。深夜に近い時間帯だったため、その日は担任の車で家まで送ってもらう。

翌日から自宅学習になった。夕方には担任が来て、正式な処分内容を伝えてくる。

深夜徘徊に飲酒、おまけに警察が関与する事態にまで発展し、出席停止になった。

退学も覚悟していたが、詳しい話を聞くと、そこまでに至るケースはないらしい。担任は両親にも電話で説明したそうだが、彼らが特に何かを言ってくることはなかった。

クラスメイトとの連絡は禁止され、短くも長い出席停止期間を一人で過ごした。


今に至るまでの日々を思い返しながら、目の前の樋口を見つめる。

できるなら……言ってほしかった。心配してたって。

不器用な私を見抜いてほしい。そして好意に応えてほしい。もう私は、ただの友達同士では嫌だった。樋口と特別な関係になりたかった。

それで……。馬鹿みたいな話だけど、いつか普通の温かい家庭を作りたかった。

私が欲しくて仕方なかったものを、一緒に取り戻してほしかった。

だけど樋口は、何も言わずにうつむいていた。

意気地なし。

自分にしか聞こえない声で、私は言う。

樋口は多分、私との関係を変えたくないのだ。そのために沈黙を選んでいる。

「もういいよ」

私は沈黙に耐えられず、自分から会話を打ち切った。

「出席停止のことは、樋口のせいじゃないから。私の生活態度も悪かったし、そもそも夜に出歩いてたのが原因だから」

私はなぜか、皮肉そうに唇を歪めて笑う。いったい、私はそんな笑顔をどこで見つけてきたんだろう。小学生の頃は、そんな笑い方はしなかったはずなのに。

「それじゃね」

引きとめてよ。

「あ、そうだ。屋上にいるところは、くれぐれもほかの人には見られないでよ」

そんなこと、言いたいわけじゃないのに。

「あとさ、教室でチラチラ見てくるのもやめて」

もっと話がしたいよ。

「…………それじゃ」

結局、樋口は私に対して何も言わなかった。

ただ苦しそうに悲しそうに、私の顔を見つめていた。

3

久々の登校を果たし、私は学校生活に復帰し始める。

翌日もサボらずに教室に向かった。私が現れるとクラスメイトは一瞬無言になるが、その反応もいずれなくなっていくのだろう。

漠然と考える。私はこの学校生活で、何を覚えていて、何を忘れていくんだろう。

ホームルームでは担任が、明日に行われるという球技大会について話していた。出席停止期間中にも話は聞いていた。チームの空気を悪くさせたくないので、私は参加しないことに決めている。

授業が始まり、漫然と教師の話を聞く。

隣から視線は時折感じたが、樋口が私に何かを言ってくることはなかった。こんなに近い距離にいるのに、以前のように話もできない。

樋口と言葉一つすら交わせないまま、気付くと球技大会の当日を迎えていた。

体操服にこそ着替えたものの、見学の形を取っているのでやることはない。図書室で自由学習をして時間を潰したが、やがてそれにも飽きる。靴を履いて昇降口を出た。

球技大会中の学校は活気があった。あちこちで生徒がはしゃいだ声を上げている。

グラウンドでは男子サッカーの試合が行われていた。

少し探したけど、樋口はそこにいなかった。ほかの生徒と一緒に試合を観戦し、飽きて移動する頃になると、午前の終わりを知らせるチャイムが鳴り響いた。

午後からも学校の様々な場所で試合が行われる。私は無意識に樋口を探していた。

体育館では、バスケとバレーボールの試合を男子が行っていた。サッカーと並んで人気種目なのか、バスケは応援の人数が多い。黄色い歓声も上がっている。

そんなバスケとは異なり、バレーボールの試合は淡々と行われていた。私はそこで目的の人物を見つける。樋口が選手として参加していた。

目立たないように体育館の隅に立ち、樋口の姿を見守る。

特別に格好いいわけではない。特別、雰囲気があるわけでもない。

それなのに、私は樋口でなければダメなのだ。この恋が終わった時、なんであんな人を好きになっていたんだろうと、不思議に思うことが自分にあるのだろうか。

運命の恋なんて存在しない。そう割り切って、その時々に誰かを好きになるのか。

くしゃりと崩れるように笑う樋口の顔を思い出して、胸が切なくなることも……。

試合が終わると、私は樋口に見つからないように体育館から出た。外で待っていると、試合を終えた生徒たちが次々に姿を見せる。

やがて樋口も出てきた。私を目にすると驚いていた。

そんなに驚かないでよ、傷つくじゃん。

「勝った？」

結果は知っていたが、試合をこっそり見ていたことを知られたくなかった。

会話の糸口を探そうとして、私は尋ねていた。

「まぁ……。でも、勝敗が全てじゃないから」

「いや、全てでしょ？」

「参加することに意義があるって言うだろ」

「それってひょっとして、負けたことの言い訳？」

少しぎこちないが、普通に話せていた。そんなことに感動する自分が馬鹿みたいだ。

自分に呆れるくらいなら、告白なんてしなければよかったのだ。

そうすれば私たちは普通でいられた。会話だって前と同じようにできていたはずだ。

お互いをからかって、何気ないことを話して……。

あれ？　でも私って、どんなふうに樋口と話していただろう。

会話が一度途切れると変に慌ててしまう。斜に構えず、樋口と普通に話したい。

「えっと、その……」

こんな私だけど、自分のことはよく知っていた。

私は臆病者だから、いつも自分を強く見せて、隙を作らないようにしていた。一度でも隙を見せれば、否応なくその隙を突かれてしまうからだ。

『水瀬ってさー、お父さんもお母さんも一度も運動会に来たことないよな』

『うちのお母さんが言ってたよ。水瀬さんは愛人の子どもなんじゃないかって』

『なんで凜ちゃんの家って、授業参観に誰も来ないの？』

油断すると、思い出したくもない言葉が痛みとともによみがえってくる。

そんな痛みから自分を守るため、私は小学生のある時期から人との間に壁を作った。

壁があると楽だった。でも壁を張り巡らしてばかりでは手に入らないものがあった。人を好きになること。それこそ……一番の隙だったのに。

それでも私は、求めようとした。人生でおそらく初めて、欲しいものを欲しいと。隙を見せることを厭わず、不器用なりに樋口に手を伸ばした。

「ねぇ、樋口」

沈黙を破って声をかけると、樋口が私に視線を移す。

樋口の瞳に映る私は、どんなだろう。笑えているだろうか。可愛くいられているか。私は笑顔になれるように頬に力を込める。そして……。


「あの……さ。もうイマジナリーフレンドとか、そういうのは見えてないよね？」


口にした直後、なぜそんな言葉を選んでしまったのかと自分がたまらなく嫌になる。嫌になるけど、言葉はとまらなかった。着地する地点を求めてしまう。

「ほら、小学生の頃……樋口、一人でよく空気に向かって話してたじゃん」

樋口の顔を直視することができず、それでも続けていた。

「私がしばらく学校からいなくなって……。樋口、話せる人が減っちゃったからさ。そういうのがまた現れてないか、気になってて」

はは、と乾いた笑みを浮かべたあと、思い切って樋口に視線を向ける。

樋口は悲しそうな表情をしていた。何も応えず、無言で私の横を通り過ぎていく。

多分、怒っていた。馬鹿にされたと思ったのかもしれない。

いったい何度目だろう。こうして自分を見損なうのは。

私だって、何も自分を嫌いになりたいわけじゃない。人に言うと恥ずかしいから絶対に口にしないけど、私だって自分のことを誇りに思いたい。優しくありたい。

なのに、いつもうまくできない。

どうして私は、こんなに曲がっているんだろう。どうして素直になれないんだろう。

普通の人は、できているんだろうか。普通の家庭に育った普通の子なら……。

体育館からは同級生の笑い声が聞こえてきた。その声と隔たって私は独りでいた。

そうやって自分のことを悲観しながらも、それでいいのかと思い直す。

樋口に謝ろう。ごめんって、言葉にしてきちんと言おう。言葉にすればきっと伝わる。

まだ間に合うかもしれない。

樋口はとっくに姿を消していたが、探そうとして私はその場から走り出した。

すれ違った生徒が、そんな私を驚いたように見ていた。

私、なんで走ってるんだろう。格好悪いな。今すぐ立ち止まってこの隙を隠したい。

斜に構えて、賢そうに見せたい。冷静で合理的な自分を気取りたい。

そう考える自分がいるのと同時に、もっと早く走りたいと願う自分がいた。

樋口が行きそうな場所は見当がついていた。屋上だ。もしかするとこの前みたいに、私を待ってくれているかもしれない。

廊下を走り続け、屋上に続く階段を上って扉の前にたどり着いた。

樋口がいたらと考え、息を落ち着ける。髪も整えた。

緊張しながらドアノブに手をかけると、鍵はかかっていなかった。

なら樋口がいるんだろう。そう考えた矢先、扉の向こう側から声が聞こえてくる。

「水瀬とは……」

訝しんでしまうが、樋口は誰かと話していた。私の名前を口にしていた。

それだけで、心臓が痛いくらいに鼓動する。

樋口は何を話そうとしているんだろう。私は息を呑んで、樋口の声に耳を傾けた。

「そういう関係じゃないよ。腐れ縁みたいなものでさ」

その時、大切にしていた何かが崩れ落ちる音を聞いた。

これくらいと想像していた音より、はるかに大きく、悲しく響いた。

え……。腐れ縁？

どういうこと、それ。樋口は私とのことを、そんなふうに思って……。

体は縮こまり、自然と項垂れていた。ドアノブから、手をそっと離す。

結局、私たちはこれからもただの他人なんだろうか。友達以上の何者でもないのか。
なんでだろう。何が悪かったんだろう。
私の全部が、悪いんだろうか。素直じゃないから。曲がっているから。
涙が溢(あふ)れそうになっていることに気付き、私は静かにその場を去る。
初恋は実らないという言葉だけが、泡のように浮かんでは脳裏で消えていった。

樋口悠 II

1

有馬が転校関係のことで学校を休んでいる間に、球技大会が行われる。

ここ数日で、僕を取り巻く環境は変化していた。

球技大会の当日、僕は体育館でバレーボールの試合に参加していた。午前中はなんとか勝ち進み、午後から決勝が行われる。

試合が終わったところで体育館から出ると、水瀬がいた。

「勝った？」

そう問われ、なんと返事したのか覚えていない。水瀬と向き合う必要があるのに、いざ目の前にするとうまく対応できなかった。会話の途中で逃げるように去る。

一人になりたくて、足は自然と屋上に向かっていた。鍵なら体操着のポケットに入っている。いつもの階段を上り、扉の施錠を解除して屋上に歩み出た。

僕の存在そのものをはためかせるような、強い風が吹いていた。

……こんな時、誰かが隣にいてくれたらいいのに。

僕は明らかに矛盾していた。一人になりたくて屋上に来たはずなのに、痛烈に他者を求めていた。誰かと話がしたかった。

何も真剣で、切実なことを話す必要はない。気軽で、些細なことで構わない。人はどこまでいっても他人同士で、人の間は隙間だらけだとしても……。気のせい、だろうか。ふと、背後に気配を感じた。思わず振り返る。

「お疲れ様、樋口くん」

一瞬、驚きで声が出てこなかった。思いもよらない人物がそこにいたからだ。僕の前に姿を現したのは有馬だった。学校を休んでいたはずの彼女が突如として屋上に現れ、人懐っこい笑みを浮かべていた。

驚いたものの、僕は変に安心してしまう。

「有馬……来てたんだ」

「うん。今日は用事が午前中に終わったから。せっかくの球技大会だし、樋口くんの雄姿をこの目に収めておこうと思って」

「雄姿って、大げさな」

「いや、あれは雄姿で正解でしょ。驚いたもん。バレー上手なんだね樋口くん」

感心したように言われ、少しだけ照れくさくなる。

「なんだ。試合を見てたのか」

「途中からだけどね。気付いてもらえるように、黄色い声援を飛ばせばよかった？」

「そこは、赤い断末魔でお願いしたいな」

「え、待って。体育館で事件が起きてる？　被害者、私？」

何気ない会話で肩の力が抜ける。僕は有馬の前で自然に微笑んでいた。

「でもまさか、樋口くんのチームが優勝するなんて思わなかったよ」

しかし、その一言で複雑な心境になる。水瀬には、見てもらえなかったからだ。

水瀬凜という存在から逃げながら、その一方で僕は彼女に深く囚われていた。

「そういえば、さ……。ちょっと気になってることがあるんだけど、いい？」

つい無言になっていると、有馬がおずおずといった調子で尋ねてくる。

珍しく、どこか緊張しているように見えた。

「気になってること？」

「うん。その、樋口くんと中学が同じって人が、話してたことなんだけど……」

「あぁ」

「樋口くん、水瀬さんって人と付き合ってたの？」

有馬の口から水瀬の名前が出て、動揺しなかったと言えば嘘になる。

けれど一緒にいる以上、いつかはその話題が出るかもしれないと覚悟していた。

再び沈黙していると、気遣うように有馬が声をかけてきた。

「あ、ごめん。立ち入ったことだったよね。変なこと聞いちゃったかな」

「いいんだ。気にしないでくれ。水瀬とは、小学生の頃から一緒でさ」

「幼馴染ってやつ？　家が近所だったとか」

「水瀬とは……そういう関係じゃないよ。腐れ縁みたいなもので」

腐れ縁。水瀬との関係をからかってくる同級生に、恥ずかしくて過去にそう説明したことがあった。

反省したはずなのに、またしてもそんな言葉でくくろうとしていた。

「いや、違う。ごめん。腐れ縁じゃない。すごく、自分にとって大切な人なんだ」

「そっか」

「うん。だけど……」

迷っていた。水瀬とのことを有馬にどう伝えるべきか。

思い悩んでいると、有馬が明るく笑う。

「あのさ、もし困ってることがあるなら、いつでも相談してよ」

「相談？」

「ほら、私たちって友達でしょ？　解決はできないかもしれないけど、一緒に悩むことならできるから。私、樋口くんの悩み、ちゃんと聞くから」

自分にとって複雑な友達という単語を、この時ほど頼もしく感じたことはなかった。

解決できなくても、一緒に悩んでくれる。それはなんだか、救いだった。

あるいはそれこそが、人が友人に求めていることかもしれない。

自然と笑みがこぼれ、有馬を見つめる。

「まだ有馬とは短い付き合いだけど。君は本当、いいやつだよな」

「急にどうしたの？　まさか煽《おだ》てて木に登らせようとしてる？」

「有馬なら本当に登りそうで、ちょっと面白いな」

「いや、女の子だし。登ら……ない、よ？」

「なんで一瞬だけ迷ってるんだよ」

有馬とそうやって話していると、小学校低学年の頃のことが、再び思い出された。

僕にはその時期、自分にしか見えない友達――イマジナリーフレンドがいた。

しかし水瀬という友達ができると、その友達は徐々に姿を見せなくなった。

それでも僕は気になって、イマジナリーフレンドのことを詳しく調べていた。彼らは幽霊や幻といった存在ではなく、自分の無意識が作り出しているものだ。

本人が抱えている問題を無意識が感知し、それを意識的に解決させるために〝友達〟という形で現れるのだという。

だけど多くの場合、イマジナリーフレンドが現れるのは幼少期だ。

もう二度と、僕の前にイマジナリーフレンドが現れることはないと思っていた。

そう思っていたんだ。けれど……。

イマジナリーフレンド

心理学における現象名の一つで、主に学童期に現れる空想上の友達のことを指す。

イマジナリーフレンドは本人にしか見えず、実際に存在するかのようなリアリティを伴って会話が行われ、子どもの心を支える友達として機能する。

主に学童期に見られる現象ではあるが、青年期以降も持続したり、新たに出現するケースもある。学童期にイマジナリーフレンドを持っていた者のうち、約半数が十二歳以降も持ち続けていたとの報告例もある。

イマジナリーフレンドは役割をもって現れることが多く、友人や同級生などの——


最近になって、あらためて目を通した文章を思い出す。幼少期だけじゃなく、過去にイマジナリーフレンドが現れていた人間は、それ以降も……。

その時になってチャイムが鳴り響いた。お祭りじみていた球技大会が終わる。

思わずといった調子で、有馬が体育館の方を向いた。

「終わっちゃったね、球技大会」

「……だな」

「というか私、学校休んでるのに来ちゃったから、このままこっそり帰るね」

「僕も教室に戻らないといけないから、途中まで一緒に行くよ」

屋内へ通じる扉を開いて、階段を下りる。

下の階に着くと、「それじゃ」と言って有馬は別れようとした。

「なぁ、有馬」

僕はある種の覚悟を持って、有馬を呼び止めた。彼女が振り返る。

「どうしたの樋口くん？」

「その……。たとえば、なんだけどさ」

「うん」

「実は君は、存在しない人間で……。僕が勝手に君という人間を想像して、友達として話してたらどう思う？　ちょっと客観的に、意見が欲しくて」

理路も整然もない、彼女という優しさに寄りかかっただけの質問だ。

意味不明な質問をされても、有馬は明るさを崩さなかった。笑顔を見せてくれる。

「なにそれ、ＳＦの映画みたいだね」

「確かに、そうかもな」

僕が曖昧に微笑んで応じると、「そうだな……」と有馬は考え込んだ。

「現実をちゃんと見なさいって、忠告するかも」

やがて、彼女はそう答えた。

「うん。きっとそうする。逃げないで、現実と向き合わなくちゃダメだよ、樋口くん」

有馬の口調は、僕を茶化すようなものだった。

だけど真摯なものは隠せておらず、まっすぐに僕を見つめていた気がする。

僕はそっと笑って頷いた。

「確かに、有馬の言う通りだ」

2

球技大会の翌日も当たり前のように学校があった。

疲労でぐっすり眠れるかと思ったが、夜に色々と考え込んでしまった結果、寝るのが遅れる。寝坊してしまい、遅刻ぎりぎりで登校した。教室の隣の席には……。

「おはよう、樋口くん」

僕を見て微笑む有馬がいた。喜んでいる自分がいて呆れてしまう。

「もう転校関係の手続きは、全部終わったの？」

「まだだけど、今日はちょっとね。っていうか、いいの？　教室で私と話して」

「いいよ、少しくらい。どう思われたって気にしない」

そんなことを言う僕に、有馬は笑顔を向けてくる。

「すっかり友達ですな、我々」

「どうにもそうみたいですな」

水瀬がいない日は有馬がいると言えばいいのか、有馬がいない日は水瀬がいると言えばいいのか……。結局その日は、水瀬が教室に姿を見せることはなかった。

翌日は、いつもより早く教室に向かった。

クラスメイトが登校し始める時間帯になっても、有馬は教室に現れない。

水瀬も姿を見せなかった。

僕はこれまでずっと、意識するのを避け続けていた。考えないようにしていた。

僕は自分の人生で、水瀬をどう位置づけていきたいのだろう。

午後からは体調不良を理由にして早退する。制服姿のままで隣町をうろついた。学校でなくとも、どこかで水瀬と出会えないかと考えてのことだ。

あてどなく街をぶらついている最中、有馬の言葉が脳裏を過る。

『そうだな……。現実をちゃんと見なさいって、忠告するかも』

僕は立ち止まり、考えた。自分自身に、考えが及ぶのを恐れるような心地で。

僕にとっての現実とはいったい、なんだろう。

学校のこと。未来のこと。家族のこと。
水瀬のこと。
思考を踏み固めるように再び足を動かす。雑踏の一員となる。
歩くことに疲れ、人の少ない一角で息を落ち着けていた時のことだ。視線をふと横に
転じて、僕は驚く。見覚えのある誰かが、視界のうちに佇んでいた。
彼女はじっと僕を見ていた。
緊張で喉が張り付きそうだった。それでも思い切って自分から声をかける。
「水瀬」
その場から離れて、水瀬のもとへと赴く。
見つめ合った彼女の瞳の中に、どうにかして僕は自分の表情を探そうとしていた。

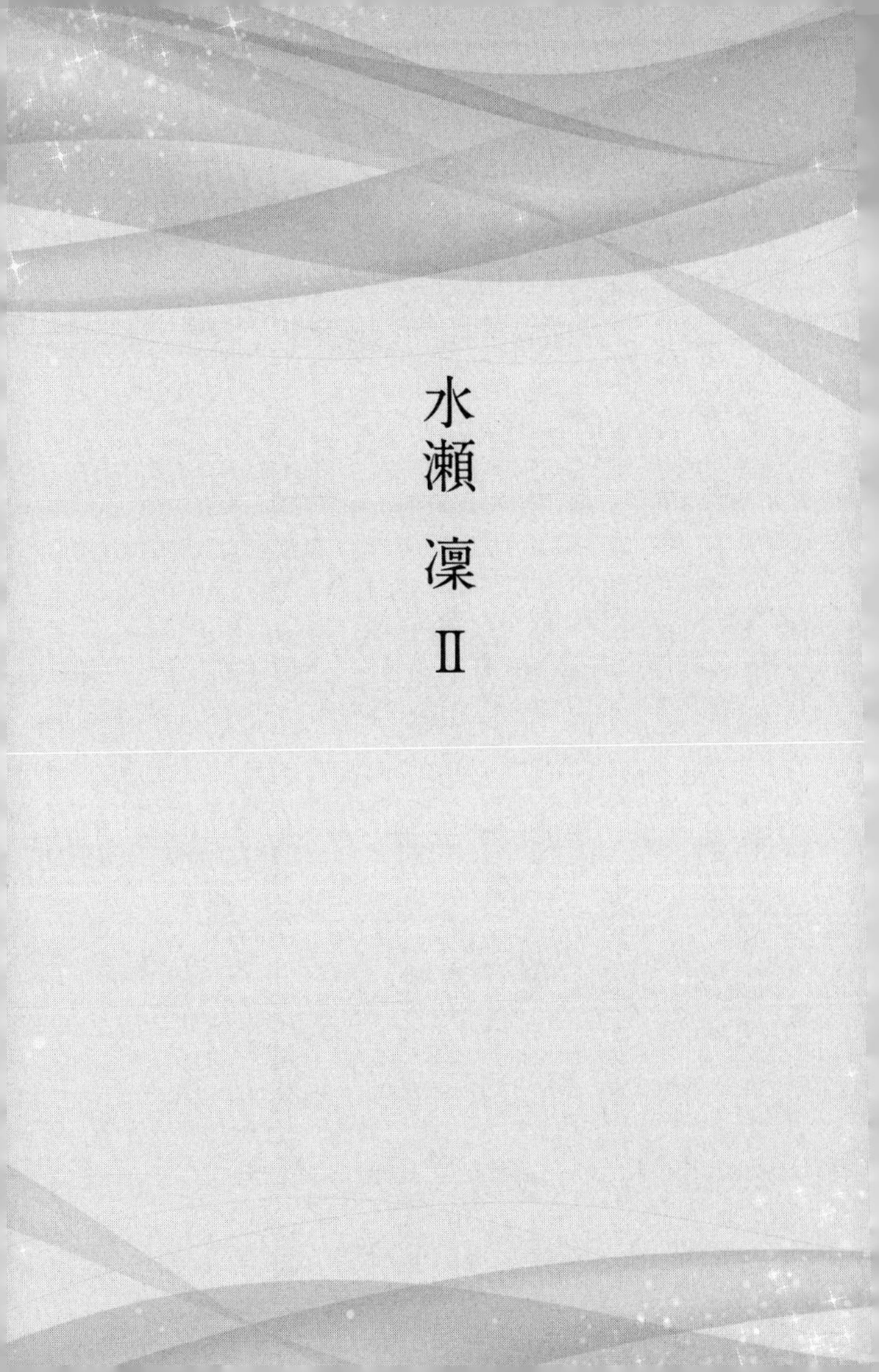

水瀬　凜

Ⅱ

1

樋口と顔を合わせるのが気まずくて、学校には行きたくなかった。

球技大会の日は、途中で気分が悪くなったと言って保健室のベッドで横になる。皆がいなくなった頃に一人で帰った。

翌日は本当に体調不良になってしまう。

次の日には治ったが、体調不良が続いていると学校には嘘の連絡をした。それで簡単に休みになる。けれど家にもいたくなくて、私服に着替えて街に出た。

……最初から分かっていたことだけど、そこにも私の居場所はないのだ。

私はどこにいても、ここが自分の場所だと感じられることがない。

いつまでたっても異邦人だ。世界にとって厄介な他人だ。

お昼の時間になり、ファストフードのハンバーガーショップに足を運ぶ。大学生と思われる人たちが賑やかに食事をしていた。

私は一人用の席に座り、注文したハンバーガーをもそもそと食べる。

まずくも美味しくもない。一人で食べていると味をあまり感じられない。

人生で一番美味しく感じた食事って、どれだろう。答えはすぐに見つかった。

小学五年生の頃のことだ。人生で初めて遊園地に行き、手作りのお弁当を食べた。

私が早起きして作ったのだ。樋口と二人で遊びに行けるのが嬉しくて……。

樋口、樋口、樋口。嫌になる。私の頭の中は樋口のことばかりだ。樋口は私のことなんて、なんとも思っていないというのに。

昼食を終えると、再び街をふらつき始めた。

しばらくそうしていると、目を疑う光景が視界に飛び込んでくる。

制服姿の樋口が、なぜか街中にいた。見間違いかと思ったけど違う。建物に背中を預けて樋口は休憩していた。誰かを探しているようにも見える。

立ち止まり、そんな樋口の姿を無言で見つめた。

「水瀬」

すると樋口が私に気付く。どちらからともなく歩み寄り、私たちは向かい合った。

「どうしたの樋口。まさか、サボり？」

出会えて嬉しいはずなのに、私はつい攻撃的になってしまう。

樋口は一瞬臆したようになるも、苦笑しながら言葉を返してきた。

「平気で学校を二日もサボってるやつに言われたくない」

「サボりじゃないし、体調不良って学校に連絡入れてるから」

「そうだったのか？」

「嘘」

「なんだよ、それ」

「まぁ実は本当なんだけどね」

「水瀬、僕をからかって遊んでるだろ」

話し出せばいつもの二人になれる。私はそう信じていた。

その一方で、樋口と話していると、あの日に耳にした会話がよみがえってくる。

『水瀬とは、そういう関係じゃないよ。腐れ縁みたいなものでさ』

あれは、誰と話していたんだろう。あの言葉は、樋口の本心なんだろうか。

……私はまた、傷つくことになるのかもしれない。それでも煩悶に夜を押し潰される
よりはいい。傷つくことになっても、樋口から確かなことを聞きたい。

「ねぇ、樋口。その……今、時間あったりする？」

「え？」

「暇ならさ。お、お茶でも飲まない？　話したいこともあるし」

格好悪いな。なんでもない自分を装いたかったのに、声が震えていたかもしれない。

だけど樋口は驚きながらも、「分かった」と言って頷いてくれた。

それからカフェに移動して、それぞれコーヒーを注文してカウンター席に座る。

私はいつも、本当の自分を表に出さないようにしていた。何かに傷つくことがあっても、それは本当の自分ではないから傷ついていないと、ごまかしていた。

でも欲しいものができた時、本当の自分を否応なく自覚させられる。

恋愛って時々、しんどいなと思う。

男は違うのかもしれないけど、女の私は、一人の人しか本当に好きになれない。

その好きになった相手が、自分を好きになってくれるとは限らない。

好きになる過程で、好きになってからも、たくさん傷つく。自分を否定されたような気持ちになったり、自分で自分を否定したくなったり。

これまで閉じこもって築き上げてきた自分が、本当は弱いものだと気付かされたり。

けど……。傷つくことから逃げちゃ、ダメなんだ。本当に欲しいものがあるのなら。

「あのさ。この間、球技大会あったじゃん」

意を決して口を開くと、樋口は視線をこちらに向けてきた。

「私と体育館で別れたあと……。樋口、屋上で誰かと話してたよね？」

尋ねると、樋口が軽く目を見開く。

「話、聞いてたのか？」

「あの場所は、樋口だけのものじゃないし。誰と話してたの？」

「えっと……クラスのやつだよ」

「ふぅん」

沈黙が広がる。手元のカップに満ちた黒い液体はどんな波紋も描かずに静かだった。

その静けさとは裏腹に、私の心臓は強く鼓動していた。

言葉は刃物でもある。取り扱いは簡単で、それでいてとても難しい。

言葉を使いながらいつも、言葉以上のものに私は憧れていた。

それはたとえば、触れ合える温かさとか、そこからくる喜びとか……。

「水瀬？」

気付くと樋口の手を摑んでいた。顔が赤いかもしれず、樋口の方は向けない。

言葉、言葉、言葉。どうしようもなく不確かな暗号たち。

でも言葉があるから、私たちは繋がれる。伝えたいことを、伝えられる。

「私、あの時、すごく悲しかった。腐れ縁って……。私と樋口は、そうなの？」

怖さと緊張で手が震えそうになる。もし、「そうだよ」って言われたらどうしよう。

一秒が長く、たった数秒のことでさえも無限のように感じた。

だけど、そんな時間にも終わりがくる。

勇気を出して目を向けると、樋口は真剣な面持ちで私を見つめていた。

「違う」

はっきりと答え、樋口は眉を下げて、申し訳なさそうな表情で続けてくる。

「ごめん、あんなこと言って。僕は水瀬のこと、腐れ縁だなんて思ってないから。ついあの時は、そんなふうに言っちゃったけど……。水瀬のこと、大切に想ってる」

　私のことを大切に？　それは友達としてだろうか。それとも、それ以上の……。

　胸の奥から嬉しいような切なさがこみ上げ、言葉がうまく出てこなかった。

「あ……。そ、そうなんだ」

「うん。そう、なんだ」

　私は今、樋口に対して何が言えるだろう。何が言いたいだろう。必死にそれを探す。探すことを、諦めない。

　たとえ言葉がどうしようもなく、不確かな暗号でしかなかったとしても。

「あの、私……。今まで、ごめん！」

「え、どうした？　水瀬？」

「なんか勝手に突っ走ってた。思えば樋口のこと、全然考えてなかったよね」

「いや、それは」

「私、樋口と仲直りしたい。喧嘩……してたわけじゃないけど。また前みたいに、普通に話せるようになりたい。樋口と笑いたい」

　私はもう、楽しいことも悲しいことも、樋口を介してしか味わえないような存在になっていた。ほんの少しのことで傷ついたり、逆にほんの少しのことで嬉しくなったり。

私が思いの丈をぶつけると、樋口はどこか感じ入った様子になる。

「こっちこそ、ごめん。水瀬のことを避けてて」

「ううん。私が悪いから」

「いや、僕が……」

そうやって謝罪し合っていると、手を摑んでいることが途端に意識される。今さらだけど慌てて離した。樋口も気恥ずかしさを感じたのか、お互いに無言になってしまう。

けれどその沈黙は、以前のものとは種類が異なっていた。

その証拠に、二人で顔を合わせると、どちらからともなく笑うことができた。

「なに笑ってるの、樋口」

「水瀬こそ」

私は今日、あらためて自分の弱さや臆病さを知ることができてよかった。

それでもお互いに向き合って、きちんと謝ることができてよかった。

これからまた、私たちは新しく始めていけるかもしれない。ゆっくりと、焦らずに。

そんなことを思っていると、店内の人たちから見られているのに気付く。

視線を集めているのは主に樋口だった。制服姿が変に目立っているのかもしれない。

「っていうか樋口、学校サボるなら私服も持ってこなくちゃダメじゃん」

樋口も視線には気付いているようで、私が小声で言うと困ったように微笑する。

「そうかもしれないけど、本当はサボる気はなかったんだ」

「そうなの？　ならひょっとして、教室にいない私を探しにきてくれたとか？」

「それは……まぁ、その」

樋口は言葉を濁して、なんだか照れていた。私は嬉しくてニッと笑う。

「だけどその格好だと、変なふうに見られちゃうからさ」

「あ、うん」

「よかったら、今から服でも見に行かない？　私が選んであげるよ」

そう提案すると、私は有無を言わさずに樋口の手を取った。

樋口はやはり驚いていたが、私が笑顔を向けると、同じように微笑んでくれた。

「よし！　決まり。さ、行こ」

2

ショッピングモールが近かったこともあり、有名なファストファッション系のお店で樋口の服を探すことにした。

その頃にはもう、かつての私たちに戻っていた。気安い空気感の中で、相手をからかったり、それに返したりしながら賑やかに話す。

樋口に似合いそうな服をお店で見つけると、服と一緒に試着室に押し込んだ。

しばらくしてカーテンが開く。

シンプルなシャツとデニムを身に着けた樋口が、恥ずかしそうに立っていた。

「えっと……なんか、変じゃない？」

「まったく変じゃないし。まさか、私のファッションセンスに文句でも？」

冗談めかして言うと、樋口が苦笑する。

「そうじゃないけど。服とか興味ないから、よく分からなくて」

「んー。ただシルエットが思ったより微妙かな。新しいの持ってくるから待ってて」

「えぇ？　ちょっ、水瀬」

服を買って着替えたあとは、二人でショッピングモールを見て回る。

私は少し、はしゃいでいた。アイスクリームも一緒に食べたいし、ゲームセンターで樋口と遊んでみたい。ウィンドウショッピングもしたい。

結局、私たちは数時間をかけて、その全部をした。

遊んでいるとあっという間に夕方が訪れていて、暗くなる前に電車に乗り込む。

乗車してからも樋口と話していたが、その最中に反省が過った。

反省なんて自分らしくなかった。だけど私は今日、自分を変えたかった。

何よりも、言葉にしないと伝わらないこともあると、はっきり分かったから。

「なんか、私ばっかり楽しんじゃってたかも。ごめんね」

素直に謝ると、樋口は驚いていた。「らしくないな」と、自分でも思ったことを言ってくる。冗談を交えて抗議すると、夕陽を背負った樋口が優しく微笑む。

「でも僕も楽しんでたし。その……ありがとな、水瀬」

「本当？　楽しかった？」

「うん。なんだか、小学生の時のことを思い出してた」

「それって、ひょっとして……」

「覚えてる？　遊園地に行ったことがないって言う水瀬と、二人で一緒に遊びに行ったことがあっただろ？　あの時も、今日みたいに振り回されてたなって」

私に根付く情緒は、自分が考えている以上に素直なようだ。宝物にしている記憶を、樋口も覚えていてくれて嬉しい。

けどそんな自分を知られたくなくて、ついごまかしてしまう。

「懐かしいね。っていうか……振り回されてるように感じてたんだ。今日も昔も」

「え？　いや、それは」

樋口が慌て始め、その様子が可笑しくて笑ってしまう。

なんだか久しぶりに、素直だった頃の自分に戻って笑えた気がした。

それこそ、樋口と遊園地で一緒に遊んだ、小学生のあの時みたいに。

3

私は帰宅すると、その日のうちにあることを考えた。

自分を変えたいと思った時に、その人が恐れているものはなんだろう、と。

新しい一歩、自分自身の新しい言葉。

多分だけど、そういうものを人は恐れている。場合によってはそれらが、これまでの自分を否定するものになり得るからだ。

でも、言葉遊びみたいに捉えられるかもしれないけど……。

明日を変えようと思ったら、昨日と違うことをしなくちゃいけない。

私は今日、変わりたいと強く願った。もう斜に構えて、皮肉げに笑いたくない。

世の中や人の悪いところばかりを見ず、良いところを見たい。子どもの頃のまっすぐな自分に戻って、樋口と優しく微笑んでいたい。

それが私にとっての新しい言葉だった。自分に都合のいい理論ばかり集めて武装し、自分の中に立てこもって、相手を見下そうとしていてはダメなんだ。

それではどこにもたどり着けないし、本当の意味で誰とも出会えない。

傷つくことも、裏切られることも多いかもしれない。生身で生きることには痛みが伴う。それでも私は、同じように生身な人間と触れ合っていかなくちゃ。

人と人との間に生きて、人間として、生きなくちゃ。

土日の間も考えて、そう決めた私は、月曜日を迎えると朝早くに起きた。

昨日の自分ができていなかったことを、一つずつこなそうと思った。朝食をきちんと作って食べて、登校の準備をする。どれだけ嫌で面倒でも学校はサボらない。

ただ、その学校に行って教室を訪れると、不思議なことが起きていた。

窓際の自分の席に、見覚えが有るような無いような女の子が座っていた。

「あ……えっと」

彼女によると、先週金曜の午後に席替えがあったという話だ。

しばらくすると樋口も教室に現れる。皆の席が替わっていることに困惑していた。

目が合うと、遠慮がちに樋口が微笑む。「おはよう」と挨拶してきた。

腫れ物扱いされてる私に声をかけたせいか、教室の皆が緊張したように見てくる。

「うん。おはよう、樋口」

そんな中でも私は、自分なりに柔らかく笑おうとした。柔らかく、笑っていたいと。

樋口と席が離れたのは残念だったが、私たちは元の関係に戻ることができた。

休み時間に一人でいると、自然な調子で樋口が話しかけてくる。授業で移動する際には一緒に向かい、他愛ないことを話した。

私は本当に何を焦っていたんだろう。焦らずにゆっくり歩いていこう。

そして、他人事みたいに捉えていたこの世界を、自分のものとして愛してみよう。

その日を境にして、私は少し変わった。誰もがやっていることから逃げずに、普通の中に入ろうと考えた。

今さら普通に溶け込もうとしたところで、当然だけど、すぐにはうまくいかない。

クラスの中には私を敵対視して、かげで悪口を言う連中もいる。

それでも、教室の空気をこれ以上悪くしないためにも私なりにやっていこうとした。

「おはよ」

ある朝、そういった子たちに挨拶すると驚き、怪訝そうに視線を向けてきた。

以前、般若のような顔をして睨んできた子がいるグループだ。

私の挨拶はなかったことになる。無視された。だけど構わずに翌日も挨拶をした。

無視は続いていたけど、諦めずに一週間以上続けていたある日、反応が変わる。

「おはよ」

「…………あぁ、うん」

「え？」

「いや、えって何？　毎日挨拶されるのが鬱陶しいから、返しただけなんだけど」

「……正直、その理論はよく分からないけど」

「あんた、何？ やっぱり喧嘩売ってるの？」

「そうじゃないから。悪かったってば」

私が謝ると、彼女は再びそっぽを向いた。

それで何かが変わると、安易に考えているわけじゃない。これまでの私の反抗的な態度や、相手にされた嫌がらせが、なかったことになるとも思わない。

ただ、私にとっては大きな前進だった。行動して、何かを変えられたのだから。

授業を真面目に受け、出された宿題も面倒臭がらずにやる。宿題の提出で困っている人がいたら思い切って声をかけた。お節介かもしれないけど、力になるよう努めた。

だって、この世界は私だけのものだ。見渡す限り私の人生だ。

その世界を、人生を、自分なりに少しでも良くしようとした。

「あの、水瀬さん。おはよう」

私の努力というより、単に皆がいい人だからだろう。あるいは、私とほかの女子との間に以前ほどの敵対関係がなくなって、教室が平和になったからかもしれない。

一週間、二週間と続けていくうちに、クラスで浮いていた私の扱いが変わった。

遠慮がちに挨拶してくれる人も増えて、体育の授業でも一人じゃなくなる。

休み時間に話しかけてくれる人も現れた。

勉強だけは得意だったので、一緒に宿題をしたり、苦手な科目のことを教えたりと、そういう時間が学校で増える。

宿題に協力したお礼に、わざわざ何かをくれる子もいた。

それが、行きたいと思っていた遊園地の割引クーポンで驚かされたりもした。

「これ、家族で使おうとしてたんだけど、予定がなくなっちゃって。よかったら使って。確か前に行きたいって話してたよね？　半額近くになるんだよ」

「でも、悪いよ」

「無料のチケットじゃなくて割引クーポンだし、気にしないで」

いくらクーポンとはいえ、気を遣わせてしまったかもしれない。相手はクラスの副委員長で、私がクラスに溶け込めるように気を回してくれていた。

おずおずと受け取った直後に、休み時間の終了を知らせるチャイムが鳴り響く。

私がクーポンを手にしている姿を確認すると、彼女がそっと笑った。

「お節介かもしれないけど、樋口くんとか誘ってみれば？」

「え？　や、別に。あいつとは……」

「私は案外、二人はお似合いだと思うけどな。それじゃね」

そんな言葉を残して、彼女は私の前から去っていく。

どうすべきか迷ったものの、せっかくなので厚意に甘えることにした。

ふと、苦笑しながら思った。そういう他人からの厚意も、以前なら信じなかった。

もしくは受け取っても、無下にしていたかもしれない。それが……。

「ねぇ、樋口」

「ん？　どうした、水瀬」

いつ、どうやって誘おうか考えていると、次の休み時間にチャンスがやってくる。

樋口が廊下に出たところで追いつき、勇気を出して声をかけた。

「あのさ、今度の日曜日って暇だったりする？」

「特に予定はないけど。どうして？」

「ふ～ん」

「え、なに？」

「なら、その……。遊園地にでも行かない？　割引クーポン、もらっちゃって」

そう言って誘うと、樋口は黙ってしまった。

私は顔が赤くなっているかもしれず、相手の表情を窺うことができない。

単に驚いているのか。迷っているのか。それとも、断る口実を探しているのか。

「い、いいけど」

しばらくして樋口が応じる。私は思わず視線を向けた。

なんでもない顔をしていたけど、樋口の耳は赤くなっていた。

4

樋口と約束した日曜日の朝、私は早起きして、お弁当を作っていた。

思えば小学五年生の運動会の翌日も、遊園地に行くために同じことをしていた。

運動会で私は一人だった。別にそれはいい。ずっとそうだったから。

ただ、そんな私を樋口は心配してくれたんだと思う。

両親が来ているのに、昼食の時も一緒にいてくれた。それぞれのお弁当を食べている最中、何かを思い出したように樋口が言った。

『そういえば、お母さんがさっき話してたんだけど、遊園地のチケットを親戚からもらったんだって。でも期限切れが近いらしくて』

遊園地という言葉には馴染みがなかった。なんなら子どもっぽいって馬鹿にしてた。

だけど本当は憧れていたんだと思う。手に入らないと分かっているから、自分でそれを貶めていた。価値が無いものだと信じ込もうとしていた。

『遊園地?』

『そう。県内の有名なところ』

『ふぅん。私、遊園地って行ったことない』

『じゃあ明日とか、二人で行ってみる？　ちょうど運動会の振替で休みだし、平日ならすいてるだろうから』

小学生ながらに、樋口は私の家庭のことを察していた。自分の両親にも事前に相談していたかもしれない。だからこそ、思い切って誘ってくれたんじゃないだろうか。

そんなことを思い返しつつ、お弁当の準備を終える。

時計を見ると、そろそろ出なくてはいけない時間になっていた。トートバッグにお弁当箱を詰め込み、その重さに満足を覚える。樋口の好物もたくさん入っていた。

玄関扉を開けた私は、馬鹿みたいかもしれないけど、無人の家に向けて元気に言う。

「いってきます」

集合場所の駅前には、約束の五分前に到着した。

樋口は既に来ていて、私がショッピングモールのお店で選んだシャツを着ていた。

「お、おはよう水瀬」

ファッションチェックでもされると思っているのか、なぜか緊張した様子だった。

そんな樋口も珍しいので、挨拶も返さずに見つめてしまう。

「いや、そんなに見るなよ」

「樋口が緊張してるのが悪いんじゃん。見てくれって言ってるようなもんだし」

「というか水瀬、荷物多くないか？」

「ん？　あぁ、これね。はい、持って」

「これって、まさか……」

「ぶん回したら昼食が悲惨なことになるから。気を付けて運んでよね」

驚いている樋口に微笑みかけ、「さ、行こ」と促して改札へ向かう。

目的地には十時を少し回った頃に到着した。小学生の時に訪れたのと同じ遊園地だ。

今日は私も樋口も遊ぶ気満々だった。天気にも恵まれて、初夏の爽やかな光が園内に差している。効率的に遊んで回ろうと、二人で冊子のガイドマップを開いた。

「今の時間帯ならすいてそうだし、まずはここに行ってみないか？」

「ええ、そこ？」

樋口が最初に選んだのは、まさかの観覧車だった。

仕方ないと思いながら従うも、朝から乗る人は少ないようで確かにすいていた。

おまけに観覧車からは園内を一望できて、ついテンションが上がってしまう。

「うわぁ。こんなにたくさんの人が、遊園地に来てるんだね」

「一番にこれを選んでよかっただろ？」

思わず声を上げてしまった私に、樋口が得意げに言う。

……なんだか癪だった。そこで私は思い付き、観覧車を降りたあとは回転ブランコのアトラクションを選ぶ。そこから楽しい遊園地の時間が始まる。

「え、このアトラクションって……」

「もう小学生じゃないんだし、大丈夫だよね？　樋口？」

空中を振り回されるアトラクションで、小学生の時は樋口が恐がって乗れなかったものだ。「ほら、行くよ」と樋口の背中を押して参加し、二人で叫びながら宙を舞う。

それ以降は、どちらが先に怖気づくかの勝負になった。次々と絶叫系のアトラクションに挑戦していく。私たちは周囲の目も忘れて、無邪気に声を上げて園内を回った。

「樋口、次はあれ行くよ。急いで」

「分かったから、そんなに袖、引っ張らなくていいから」

今、こんなにも人生を楽しめていることに驚いてしまう。遊園地ではしゃぐ自分の姿なんて、樋口と知り合う前の私からしたら、到底考えられないだろう。

でも、孤独だった頃の私に言ってあげたい。

たとえ一人になり、自分を守ってくれる勇気も失われ、斜に構えて、隙を見せないようにするしか術がなくても……。孤独に負けないで、未来を信じてほしい。

いつかあなたは、樋口という変なやつに出会えるから。

普通で、優しくて、私を笑顔にしてくれる変なやつと学校の図書室で出会えるから。

そんなことを思いながら、樋口と園内を賑やかに巡った。

「水瀬、さすがにもう昼食にしない？　お腹がすいちゃって」

その途中で、樋口が音を上げる。待ち時間が少ないからと、私たちはお昼の時間帯になってもアトラクションを回り続けていた。

「じゃあ勝負は、私の勝ちってことでいい？」

「水瀬、昔から負けず嫌いだよな。テストの順位も僕より上にいこうとするし」

「樋口を従えるためには、全部に勝たないと」

「はいはい、じゃあ僕の負けでいいよ。だからお弁当を食べさせてください」

「素直でよろしい」

コインロッカーに預けていたバッグを回収し、話しながら休憩エリアに向かう。パラソルが差してある机にお弁当を広げると、樋口が嬉しそうに手を合わせた。

「それじゃ、いただきます」

「あ、食べる前に手を拭いて。ウェットティッシュも持ってきたから」

普段は一人なので凝ったものは作らないが、料理はそれなりにできた。

サンドイッチ以外にも鶏の唐揚げやハンバーグを用意していて、樋口はそれに嬉々として手を伸ばしていた。サラダも食べるように諌めると、渋々といった調子で従う。

「ははっ、もう、なにこれ」

「どうした、水瀬？」

「ううん。なんでもない」

平和すぎて、なんだか泣きそうになってしまった。

吹く風は心地よく、日差しは午睡に適しているほどに暖かい。遠くからは時々歓声が聞こえるけど、耳を突くほどではない。静かだ。

隣には大好きな人がいて、その大好きな人と笑いながら、何気ない話をしている。

こんな時間が、これからも樋口との間に流れればいいなと願った。

変わらずに、ずっと……。

ただ、呑気なことばかりも言ってられない事情があった。受験のことだ。

「そういえばさ、樋口は受験どうするの？　志望校とか決めた？」

お茶も水筒に用意していて、樋口のお代わりを紙コップに注ぐ。それを渡しながら尋ねると、「いや」と樋口は答えた。

「ある程度は絞ってるけど、まだ第一志望は決めかねてる感じかな」

「そっか。なんだかんだと、あと半年だよね」

「夏があるから、そんなに焦らなくても大丈夫だろ」

朗らかに笑う樋口に、「でもさ」と私は忠告するように言う。

「中学三年生の夏は、あっという間に過ぎるって言うよ。高校受験、頑張らないと」

大人ぶってはいるけど、私たちはまだ中学三年生だ。警察騒ぎで出席停止になったり、樋口と仲違いしそうになったりと、この数ヶ月の間にも多くのことがあった。

中学は義務教育だから、退学の処罰がないことさえも以前の私は知らなかった。

中学生と高校生の間には、ほかにもきっと色んな違いがあるんだろう。

「高校生になったら、樋口はしたいこととかある？」

私が漠然とした質問をすると、樋口は「え？」と応じたあとに考え込んだ。

「そうだな……。学校サボってカラオケとかに行ってみたい」

「やりたいことが、サボってカラオケ？」

「中学生だと、子どもみたいなものだからさ。この間は、喫茶店以外でも周りの視線が結構気になったんだ。だけど高校生になれば、ジロジロ見られないかと思って」

確かに、あの時は周囲の目が気になった。私服を購入して着替えこそしたが、樋口は学校をサボっている中学生にしか見えなかった。

「そういう水瀬は何かある？　高校生になってやりたいことって」

「私？　ん〜〜。あ、球技大会の応援したいかも」

「それこそ、なんでだよ」

「この間の球技大会は応援できなかったし、樋口が勝つところ見たいから。っていうか、バレーボール部なのになんでバレーの試合で負けてるの？」

「バレーボールは団体競技だから。一人だけうまくても仕方ないんだよ」

「じゃあ約束。ちゃんと応援に行くから、高校の球技大会は優勝してね」

「水瀬？　人の話を聞いてた？」

私たちはそうやって未来のことを語り、他愛ない話で笑い合う。

昼食を終えて荷物を再びコインロッカーに預けたあとは、懲りずに絶叫系のアトラクションを二人で回った。中学生らしく、声を終始上げてはしゃいだ。

そのせいか、園内が夕焼けに染まる頃には体がクタクタになっていた。帰りの電車で寝てしまうだろうという予感はあったが、悪くない疲労感だった。

小学生の時と同じようにショップでお土産を買い、預けていた荷物も回収する。

「今日は楽しかったね、樋口」

「本当にね。誘ってくれて、ありがとな」

「どういたしまして。それじゃ、帰ろうか」

そう言って、出口に向かおうとしていた時のことだ。少し歩いた所で、カプセルトイの販売機がずらりと並んでいるのを見つけた。「うわ、懐かしい」と樋口が歩み寄る。

「これ、まだここにあったんだ」

「小学生の頃からあったよね。男子って本当、そういうの好きなんだから」

私は何気ないふうを装っていたけど、内心ではちょっと慌てていた。

そんな私にも、その理由にも樋口が気付いている様子はなかった。

「あの日の帰り際も、コインロッカーから戻ってきたお金で回したよな」

「樋口、覚えてたんだ」

「まぁね、得したと思って大型カプセルトイを回してさ。豪華景品入りとか書いてあったのに、玩具（おもちゃ）の婚姻届が出てきてびっくりしたの覚えてる」

「あったね、そんなの」

私はその話題を流そうとしたが、樋口は当時のことをよく覚えていた。

「帰りの電車で、ふざけて二人で名前を書いたりしたよな。あれって今……」

「それより樋口、早くしないと次の電車に乗り遅れるかも。ほら、進んだ進んだ」

恥ずかしいから、その玩具を宝物にしているなんて知られたくなかった。

今でこそ手元にはないが、あれはきっと、今も……。

結局、電車には間に合ったものの予想通りに二人とも車内で眠ってしまった。次に目覚めた時に慌てて周囲を確認すると、幸いにして目的の駅には着いていなかった。

ほっと息をつく私の隣では、樋口がだらしない顔で寝ていた。

恋は簡単に人を馬鹿にする。そんな顔ですら愛しく感じてしまう。私は気付かれないようにそっと、自分の頭を樋口の肩に寄せた。

……それは多分、なんでもない日曜日の風景なんだろう。ふと車内を見ると、同じように寄り添って眠る家族連れや、恋人と思われる人たちが何人もいた。

私が欲しくて仕方なかったもの。焦がれてやまなかったもの。

普通ともいえるその風景に、私は樋口と参加していた。鼻の奥がツンと痛んだ。

「今日は本当にありがとね、樋口」

呟きは電車の走行音に紛れる。車内はどこまでも綺麗なオレンジ色に包まれ、人々の輪郭を金色に淡く光らせていた。

これまで見たことも感じたこともない、温かな情景だった。眩しいような。


それからの日々も、私と樋口はいつも一緒だった。

遊園地で遊んだ翌週から、期末テストのテスト週間に入る。樋口と二人で、時にはクラスメイトも交えて、毎日のように放課後の図書室で勉強をした。

期末テストが終わると、夏休みはすぐそこだった。

一度しかない中学三年生の夏を、毎日のように樋口と過ごす。

街の図書館に集まって受験勉強をし、時々は息抜きで遊びに出かけた。カラオケ、ボーリング、それに海。時間とお小遣いが許す限り、二人で夏の想い出を作った。

私は樋口に対して無理をしなくなっていた。小学生の夏休みにした植物観察のように、二人の間で愛情が育つのを待った。

育てばきっと、花を咲かせてくれるから。そう信じているから。

そして嬉しいことに……それはきちんと育った。花を咲かせた。

「僕、水瀬のことが好きだ」

夏休みも終わりに近づき、地元で行われた花火大会の帰り道のことだった。お祭りの余韻に浸って二人で歩いていると、樋口が突然立ち止まって私に言った。

私は驚きながらも、真摯な目をした樋口を黙って見つめる。

ほかの人からすれば、樋口は特別な人間じゃないだろう。

どちらかといえば平凡な人間だ。

でも、今になって分かる。私たちは、特別な何かを好きになるわけではないのだ。特別に秀でているものを、愛すわけではない。それは単に目印や切っ掛けにすぎない。

だって私たちは、その人そのものを愛して生きていくのだから。

「樋口……なに待ってるの？」

私が微笑みながら問いかけると、樋口は軽く眉を上げた。

「いや、返事を待ってるんだけど」

「そんなの、言わなくても分かるでしょ。むしろ待ってたのは、私の方なんだから」

私の口はもう、皮肉めいた笑みを作ることはない。穏やかに和らいでいた。

「私はずっと、樋口のことが好きだから。頼りないけど、優しい樋口のことが。いつも私と一緒にいてくれた、樋口のことが。小学生の時から、ずっと、ずっと……」

言葉だけでは不確かで、何か確かなことがしたかった。

思い切って目をつむってみせる。

八月の温い夜風が頰を撫でるように吹き、樋口が緊張した様子で唇を重ねてきた。

体に根を張っていた孤独が、徐々に輪郭を失っていく。

大好きだったお父さんのこと。優しかったお母さんのこと。全ては戻らないこと。

自分を悲しませた過去が、音もなく質量を減らしていった。

この幸せを忘れないで生きよう。忘れなければきっと大丈夫だから。

樋口がそっと離れ、私は瞼を開く間に祈った。

私の人生よ。捻くれることなくまっすぐ進め。他人に感謝されるような人間になれ。

天国の両親も、それを願っているから。三つ数えたら、新しい自分に……。

一つ、二つ、三つ。

瞼を開いた世界では、樋口が私に優しく微笑みかけていた。

その日から私と樋口は恋人同士になった。とはいえ、何かが大きく変わったわけではない。私たちはいつも通りの私たちだ。いつも一緒にいて笑っている。

変わったことといえば時々、手を繋ぐようになった。力を込めて握ると、樋口も優しく握り返してくれる。その力が愛おしくて、私はたまに泣きそうになる。

いつしか夏も終わり、秋が訪れる。
私は樋口との付き合いを通じて、人に対して無防備になった。それで傷つくこともあったけど、無防備な自分を愛した。愛そうと努力した。
秋も終わりに近づいて十一月に入ると、同級生の多くが受験勉強を本格化させた。
私と樋口は公立の進学校に志望校を絞っていた。受験の対策を練り、塾に通う代わりに参考書を買い求め、週末はよく隣町の大型書店に二人で出向いた。
そのあとは、近くの図書館で夕方まで勉強するのが恒例になっていた。
《本当にごめん。せっかく約束してたのに》
しかし約束していたある週の日曜日、樋口が風邪で当日に予定がキャンセルとなる。
メッセージアプリを通じて、樋口はそのことをしきりに謝っていた。
《もういいから。気にしないで、休んでなよ。樋口が悪いわけじゃないんだから》
《……水瀬、本当に変わったよな》
《え、そう？　というか、いきなり何？》
《昔の水瀬なら、ここで皮肉の一つでも言ってたのにと思って》
《ばーか。変なこと言ってないで、ちゃんと風邪を治してよね。月曜日に元気な顔を見せなかったら、罰金だから》
何気ないやり取りに頬を緩めながら、私は一人で出かける準備をする。

電車で隣町の駅まで行き、新しい参考書を買うために、歩いて本屋へと向かった。

「あ、飛行機雲だ」

一日の予定を考えながら歩いている最中、思わず立ち止まって空を眺めた。

頭上の空はどこまでも青く、雲は慎ましいほどの静けさでゆっくりと流れている。

その中で、一条の飛行機雲が遥か上空を渡っていた。

光で雲が透き通り、いい景色だった。今なら、どんな気負いもなく言える気がした。

「空、綺麗だな」

かつての私には、空の美しさを感じる余裕もなかった。

今の空を撮っておこう。樋口が元気になったら写真を見せよう。らしくないって笑われるかもしれないが、それでも構わない。

私は今、こうして世界の美しさに気付くことができたから。

そして生きてさえいれば、こうやってまた美しいものを見つけられる。感じられる。

その積み重なりを通じて、自然と思えるようになるのかもしれない。

生きてるって、いいな、と。

そうして歩道で立ち止まり、スマホを空に構えていた時のことだ。

タイヤが路上を擦る不穏な音が突如として聞こえてきた。

音がした方向に何気なく視線を転じる。その瞬間から、時間が緩慢に刻まれる。

乗用車が、こちらの歩道に向けて突っ込んできていた。
世界の速度が、極端に遅くなる。スローモーションに包まれる。
運転手さんの顔が見えた。目を見開き、口を驚愕に開かせていた。
あ……ごめんなさい。
私は誰に対してそんなことを思ったのだろう。樋口にか、天国の両親にか。
それとも、車を運転している、その人に対してか。
その人の人生のためにも、私は逃げなくてはいけない。でもあまりに突然のことで、
身動きが取れなかった。そのまま車が私に向かい……。

次に目を開けた時、空が私を見ていた。周りから大勢の人の声が聞こえてくる。
どこまでも体が寒く、重く、眠たかった。
自分の状態が分からない。確か私は、車に轢かれて……。
視線を横に移すと、鞄に入れていた勉強道具が歩道に散乱していた。
その中に、大切なものを見つける。
樋口と仲直りした日に、ゲームセンターで取ってもらった動物のキーホルダーだ。
自分だけの記念が欲しくて、樋口に無理を言って取ってもらった。
それ以降、汚れたり傷がついたりしないよう気を付けながら大切に持ち歩いていた。

私には似合わないかもしれないけど、樋口との記憶が詰まった宝物だから。
私は必死に、その宝物に手を伸ばす。なんとか手にすることができて安心した。
だけど安心したら、また、眠くなってきた。
瞼を閉じる間際、樋口の姿が脳裏に浮かぶ。
依然として自分の状態が分からない。ひょっとしたら私はもう、ダメかもしれない。
それでも、いや、だからこそ、言いたいことがあった。
感謝を伝えたい言葉が、私の中に、たくさんあるから。
樋口、今日はとっても……空が綺麗だよ。
ありがとう。私と出会ってくれて。私を、好きになってくれて。
あなたのおかげで私、素直な自分に戻れたんだよ。
優しいあなたがいなければ、きっと、こうはなれなかった。
樋口に出会えて、本当によかった。
そう考えている間にも瞼が下がり、意識が薄れていく。
私がひたすらに、乞うように、最後に思い浮かべていたもの。
それは光の中で無邪気に微笑み合う、樋口と私の幼い姿だった。

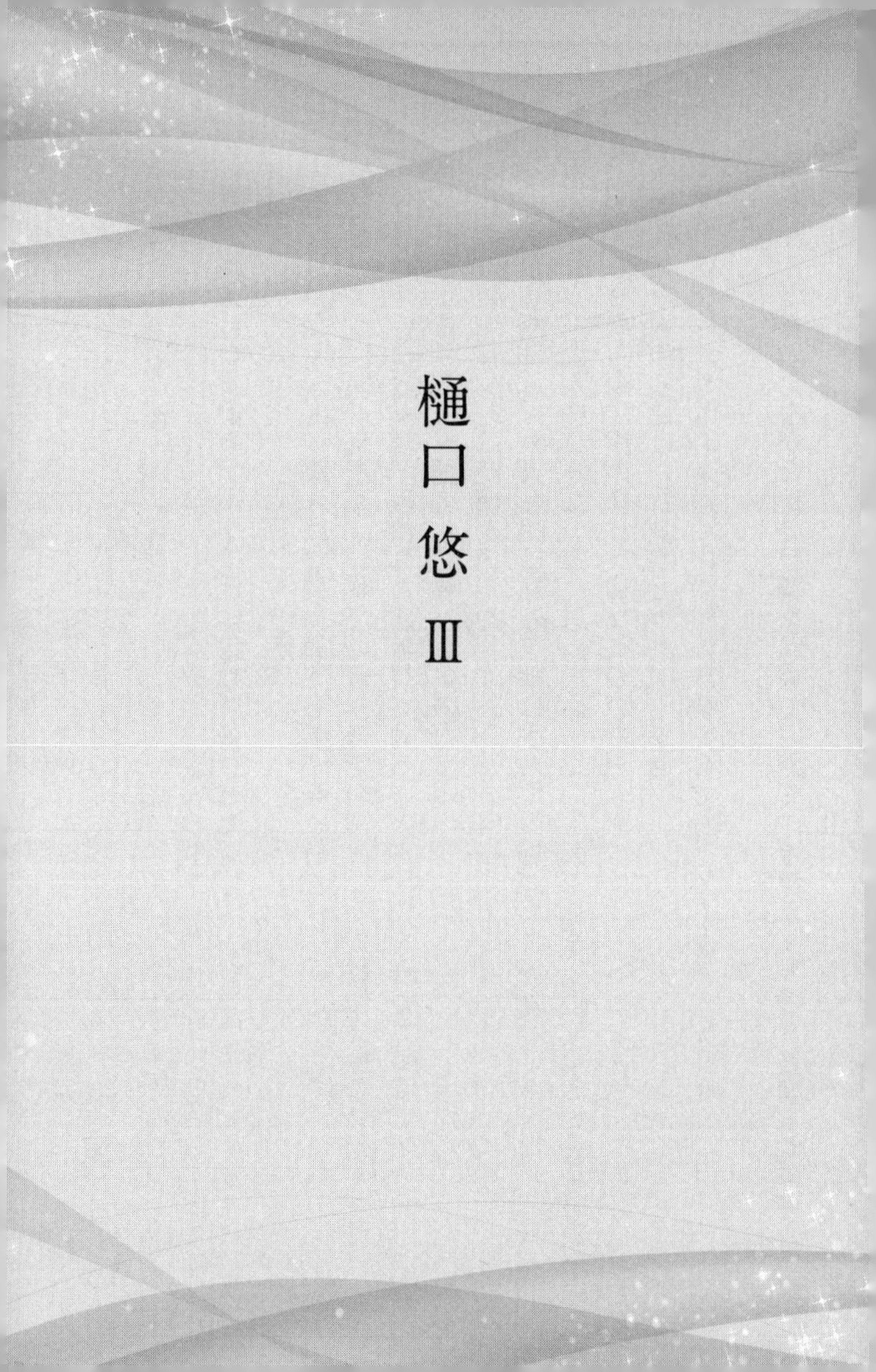

樋口 悠 Ⅲ

1

水瀬と友達になる前の、小学校低学年の頃のことだ。

僕は早く大人になりたいと願っていた。

理由は単純だ。大人になれば学校に通う必要がなくなる。

笑い話のように聞こえるかもしれないが、当時の僕にとっては切実なことだった。

学校にさえいなければ、理由もなく無視されることも陰口を叩かれることもない。

息を潜める術さえも、覚える必要はないのだ。

今、あの頃から少しは時間が経った。

まだ子どもだけど、大人と呼ばれる年齢に少しずつ近づいていた。

だけどもう、大人になりたいとは思わなかった。時間が進まないでほしいとすら願っている。なぜなら今、僕の隣に大切な人がいないから。

その大切な人の名前は、水瀬凜という。

水瀬がいなければ、約束通りに高校の球技大会で勝ってもなんの意味もない。

生きることとすら……。

そんなことを考えながら街の雑踏を眺めていたら、水瀬が視界のうちに現れていた。

でもそれは、本物の水瀬ではない。

イマジナリーフレンド。

どうしてイマジナリーフレンドは、水瀬の姿をして僕の前に現れ始めたのだろう。

彼女が僕の前に最初に現れたのは、高校一年生の二学期の頃だった。

今の僕の生活に不自然なく馴染ませるためか、水瀬は高校の制服を着ていた。中学生の頃より少し成長している。

彼女の姿を目にする度、僕は辛くなった。息が詰まりそうになった。

自分は失ってしまった人間だと気付かされるからだ。

僕と水瀬は小学生の頃に出会って友達になった。中学三年生の夏に恋人になる。

恋人同士になっても、良い意味で僕らは変わらなかった。

時には喧嘩をすることもあったけど、二人はすぐに仲直りをした。僕らは小さい頃からお互いのことを知っていた。悪いところも良いところも見ていた。

そんな僕らの関係は強固だった。

このままずっと、僕らは一緒にいられるのかもしれない。

恋人として水瀬と付き合っていた日々、僕はよくそんなことを考えた。

もしそうなら、どれだけいいだろうと。

けれど……幸福な日々は突然失われてしまった。

旭新聞記事：《乗用車が歩道に突っ込み女子中学生をはねる。意識不明の重体》

十一月七日午前十時頃、〇〇〇駅近くで乗用車が歩道に突っ込み、女子中学生をはねる事故が発生した。

乗用車を運転していた派遣社員の男性（四十三歳）の命に別状はないが、女子中学生は近くの病院に運ばれて意識不明の重体となっている。

警察によると、乗用車を運転していた男性は、対向車線を走るトラックとの衝突を避けようとしたところで運転を誤り、歩道に突っ込んだという。

周辺の防犯カメラの映像や目撃者の情報から、対向車線を走っていたトラックが、現場付近で中央線を大きくはみ出して走行していたことがわかった。

更なる事故の詳細について警察が調べている。

中学三年生の秋の終わり頃、水瀬が交通事故に遭って意識不明の重体となった。

僕に連絡が入ったのは、日曜日の午後のことだ。

その日、僕は熱を出して体調を崩していた。本当は水瀬と隣町の大型書店に行くはずだったのに、自宅のベッドで寝ていた。

そんな時に担任から自宅に電話があり、水瀬が交通事故に遭ったと連絡を受ける。

僕は当初、楽観視していた。いや、無理に楽観視しようとしていた。

でも水瀬の意識がないと知らされると、無限の暗闇に落ちていくような気分になった。

一瞬で体が凍えたように寒くなり、電話の声がどこか遠く聞こえる。

水瀬は本屋で参考書を買ったあと、図書館で勉強しようとしていた。教科書などの持ち物から学校と名前が特定され、すぐに警察から学校に連絡がいったらしい。

担任が対応に回ったが、水瀬の両親には連絡がついていないとのことだった。

両親の居場所に心当たりがないか尋ねられたが、僕に心当たりはなかった。複雑な事情があることは察していたが、水瀬の両親の顔を見たことすらない。

『俺は病院に向かうが、樋口も来るか？　体調が悪いなら無理にとは言わないが』

『体調は、大丈夫です。お願いします』

担任が車で迎えに来てくれることになり、僕はすぐに支度をした。自宅の前で担任の車が現れるのを待ち、助手席に乗り込む。水瀬が運ばれたという病院に向かった。

水瀬は「手術室」とプレートが掲げられた部屋の中にいた。

そんなドラマみたいな状況を前にして、僕は現実を強く認識させられた。

担任と二人、祈るような気持ちで水瀬の手術が終わるのを待つ。

途中で連絡がついたらしく、水瀬の両親がその場に現れた。呼ばれたから仕方なく来たという感じが滲み出ていた。疎ましそうですらあった。

呆気に取られるとともに、僕は怒りを覚えてしまった。

『自分の娘が事故で意識を失ってるんですよ。なんで、なんでそんなふうにしていられるんです。心配じゃないんですか！』

初対面で、相手は水瀬の両親で、まだ自己紹介すらしていない。僕は熱くなって非礼を働いていた。だけど熱くなる理由が、非礼を働いてしまう理由があった。

小学生の頃から水瀬を孤独にして、学校の行事にも顔を出さないで、今、娘が事故に遭ってようやく顔を出す。水瀬の両親のことが信じられなかった。

担任は僕を戒めなかった。ひょっとすると似たことを思っていたのかもしれない。

水瀬の両親が揃って不愉快そうな表情となり、お互いを見る。

母親と思われる女性が大きな溜息をついたあと、『あなたは？』と尋ねてきた。

『水瀬のクラスメイトです。小学生の頃からずっと一緒でした。今は付き合ってます』

水瀬の両親とはいえ、大人に睨まれて少し臆病になってしまう。それでも目をそらさずに応じた。

そんな僕に対し、目の前の女性がフッと笑う。吐き捨てるように言った。

『恋人なのに、何も聞いてないのね。凜は……私たちの本当の娘じゃないから』

『え……。それって、どういう』

『言葉通りの意味よ。私がお腹を痛めて産んだ子じゃないの。兄夫婦の娘よ。凜が幼い頃、兄さんたちが事故に遭って亡くなったの。それで法律上、引き取っただけ』

その時まで、僕は水瀬の境遇について無知だった。

本当の両親が事故に遭い、既に亡くなっていることも知らなかった。水瀬は叔母夫婦と住むのが嫌で、本当の両親が残してくれた家で一人で住んでいたと聞かされる。

家庭環境の調査票や個人面談などを通じてか、担任も事情を知っていたようだ。確認を込めて視線を向けると、肯定の意思を表すように黙ってうつむいた。

僕が言葉を失っていると、水瀬の義理の両親がつまらなそうに笑う。病院側との手続きがあるらしく、その場を去った。僕と担任は二人になる。

『樋口、大丈夫か？』

『は、はい。驚いて……しまって』

担任が優しく僕の肩を叩き、そばにあった長椅子に二人で腰かける。

水瀬が部屋から出てくるのを待つ間、彼は話せる限りのことを僕に話してくれた。

水瀬が本当の両親と暮らした家を残したくて、叔母夫婦の養子になったらしいこと。

そのために水瀬が手放したもの。少しだけ汚い生命保険にまつわる話なども。

僕の時間の感覚は、その頃から徐々に失われ始める。水瀬は手術室からなかなか出てこなかった。熱に加えて精神的な疲労が合わさってか、僕はぐったりしていた。

霞（かすみ）がかかったように記憶が曖昧で、当時を思い出そうとするとうまくいかない。

ただ、水瀬は一命をとりとめた。そのことだけは間違いなく覚えている。

涙が出そうなほどに嬉しかった。

けれど意識は戻っていないということで、水瀬と話すことは叶わなかった。

翌日の月曜日は学校を休んだ。風邪を早く治そうとベッドで横になっていたが、うまく意識を手放すことができなかった。

この先どうなるのだろうと、不安な気持ちもあった。

じっとしていられず、スマホを触ってしまう。意識不明の重体について調べた。

そのまま死亡。眠ったまま。

ネットに羅列されている情報は、僕の心臓をいたずらに鼓動させるものばかりだった。

それなのに調べることがやめられず、布団の中で震えながら朗報を待ち続けた。

水瀬と面会ができるようになったのは、水曜日のことだ。

風邪が治り切らずに僕は学校を休み続けていたが、午前中に担任から連絡が入り、面会の許可が下りたと知らされる。午後から二人で水瀬の病室を訪れることになった。

車で送ると申し出てくれた母親は道中、何も言わなかった。

しかし病院の駐車場に着いて僕が車から出ようとしたところで、声をかけてくれた。

『お母さんのことは、気にしないでいいからね。何時間でも待ってるから。それで……凜ちゃんに、よろしくね』

その時になって、母親なりに水瀬の身を案じてくれていたことを知る。

ひょっとすると昔から、学校行事などの際に一人でいた水瀬のことを気にかけていたのかもしれない。そう考えて、泣きそうになった。

担任とロビーで合流し、面会の手続きを済ませて病室に足を運ぶ。

水瀬はベッドで眠っていた。とても静かに、眠っていた。

僕には普通に眠っているだけのようにも見えた。今すぐにでも起きて、驚いて、寝顔を見られたと怒って……。

なのに、このまま意識が戻らない可能性もあるという話だった。

嘘みたいだな、と思う。なんでこんなことになってしまったんだ、と。

この世界が僕には信じられなかった。事故の当日、僕が水瀬と一緒にいたら違ったかもしれない。僕が風邪を引かなければ、この世界はなかったかもしれない。

一緒にいなくても、僕が何か別の行動をしてタイミングが変わっていれば……。

多分、水瀬は今も僕の隣にいる。隣で微笑んでいる。

考えたって意味がないのに、別の可能性を考えることがやめられなかった。

それから毎日のように、僕は水瀬の病室に通った。水瀬の義理の両親と何か話した気もするが、はっきりとは覚えていない。

意識は混濁し、常に朦朧としていた。僕は現実に所属していないみたいだった。

そんな曖昧な世界でも、大切なことだけは分かっていた。水瀬のそばにいることだ。

だけど、ある日を境にして、水瀬は僕の前からいなくなった。

病室から忽然と姿を消した。


遷延性意識障害。


いつの間にか水瀬は、そのように診断されていたようだ。

意識不明の重体について調べた時に、その状態についても目にしていた。やむを得ない言い方をするなら、植物状態だ。意識が戻らずに昏々と眠り続けてしまう。

意識が戻らないだけで水瀬は生きていた。

でも悲しいことに、遷延性意識障害は有効な治療方法が確立されていない。

一般的な病院には居続けることが難しいため、家族が自宅で患者を引き取るか、長期滞在ができる別の病院に転院させることになるという。

水瀬が病室から姿を消した理由がそれだった。

水瀬の義理の両親は僕に何も告げず、水瀬を別の病院に転院させてしまった。

彼らの家を訪れて事情を聞こうとしたけど、住んでいる場所を知らなかった。

水瀬の行方を知ろうとして、担任にも相談した。担任は僕に最悪なことを言った。

『水瀬のことは諦めろ。諦めなくちゃ……いけないんだ』

意味が、分からなかった。快復する人はごく稀で、水瀬が目覚める可能性は限りなく低い。だから水瀬のことは諦めろと、つまりはそういうことなのか。

担任は親切な人間ではあったが、大人すぎた。僕は残念ながら未熟な子どもだ。

そんなに簡単に、割り切れるわけがない。

僕は必死になって水瀬の行方を探そうとした。

しかし個人情報保護の関係で、病院は転院先を教えてくれない。様々な病院に片っ端から問い合わせても、同様の理由で入院中の患者については知ることができなかった。

気付けば暦は十二月になっていた。

クラスメイトは皆、水瀬の事故を知っていた。何人かが気遣って声をかけてきた。

けれど僕は、そのどれも聞きたくなかった。

お祈りの言葉も、諦めの言葉も、優しい言葉も、全部、全部、いらない。

それらは全て水瀬の不在を肯定するだけのものだ。
僕は虚無になった。でも何もしていないと、水瀬のことばかり考えてしまう。
いつからか、水瀬のことを考えないようにするために勉強に逃げるようになった。
僕は水瀬のことから逃げ始めていた。勉強を逃避の手段に使った。
そして気付くと、水瀬と行きたかった高校の受験に成功していた。
本当は何も成功していない。
そこは水瀬と通いたかった高校だ。水瀬と一緒に高校時代を過ごすための場所だ。
高校生になった僕は暗くなる。
毎日目覚めるから目覚め、学校に通い、無気力に生きる。水瀬のことを忘れられず、
それでも、本当は忘れなくちゃいけないのかもしれないと考えていた。
そんな時に、僕は水瀬と出会った。
最初は驚いた。高校の制服を慣れたように気崩した水瀬が、普通に学校にいた。
あぁ、と思った。今までのことは全て、やっぱり何かの冗談だったんだ。
僕は何かの間違いで、一時的に、あの世界に入ってしまっていただけなんだ。
本物の水瀬はここにいる。本当の世界はここにある。
残念なことに、それは違った。僕の前に現れた水瀬は、本物の水瀬ではなかった。
僕にだけしか見えない存在。イマジナリーフレンドだった。

虚空に向けて話して笑う僕を、同級生たちは驚いて見つめていた。僕は水瀬に触れようとして、触れられないことに気付く。

目の前にいる水瀬が、本物の水瀬ではないことを知った。

その事実を認めてショックを受け、混乱し始める。

イマジナリーフレンドは意味をもって現れることが多い。なぜイマジナリーフレンドは、水瀬の姿と人格を備えて現れたのだろう。

いつしか僕は彼女からも逃げるようになった。

二年生に進級し、新しいクラスになる。隣の席には気弱そうな女の子がいて、毎日のようにイジメられていた。だけど僕は、彼女を助けられなかった。

そんな僕を水瀬は悲しそうに見ていた。二年生になっても僕のそばにいた。

彼女は僕を気遣い、話しかけてくる。本物ではないのに、本物の水瀬のように。

だから、ある日……。

『やめてくれ！　もう、僕の前に現れないでくれ！』

僕は強い言葉で、イマジナリーフレンドを拒絶してしまった。

自分で言っておきながら、その言葉に動揺する。ひょっとしてこれで、彼女は消えてしまうかもしれない。

僕はイマジナリーフレンドから逃げながらも、心のどこかでは喜んでいた。

どんな存在であれ、水瀬とまた出会えたのだから。

どうにかして自分に整理をつけようと、学校を休んだ。けれど簡単には整理できず、再び学校に通い始めると……。

なぜか隣の席に転校生がいた。彼女は自らを有馬と名乗った。

その一方で水瀬は学校に現れなくなる。だけど、消えたわけじゃなかった。

『樋口、なんだか楽しそうだね。私がいない間に、いいことでもあった？』

水瀬は再び、僕の前に現れた。

おそらく単なる友達としてじゃなく、僕に何かを乗り越えさせるために。

2

「樋口、大丈夫？」

イマジナリーフレンドの水瀬に声をかけられ、ハッとなる。

周囲に視線を転じた。幸いなことに街の人通りは途切れていた。

何か返事をしようとして口を開きかけるも、深刻な言葉は口にしたくなかった。

「君が見えている時点で、大丈夫じゃないのかもしれない」

うまい冗談ではなかったが、水瀬は反応を見せる。少し驚いていた。僕に冗談を言える余裕が生まれていることが、意外だったのかもしれない。彼女がそっと笑う。

「かもね」

彼女という存在と、こんなふうに向き合って話したことはなかった。

これまで本当に多くのことがあった。決意と、失意と、諦めと、再起と。

どの今もこの手にはもうない。しかし人間は、今の連続を通じて生きている。

この今を、逃してはいけない気がした。意を決して僕は問いかける。

「でも君は、何か意味があって僕の前に現れてるんだろ？」

水瀬はすぐには応じなかった。僕をじっと見つめてくる。

「樋口はどう思う？」

「意味があってのことだと思ってる」

「単に話し相手として現れたんじゃなくて？」

「小学生の頃に、そういうイマジナリーフレンドはいた。けど君は違う」

僕は彼女が現れた原因に、気付きかけていた。

目の前の彼女も多分、その原因に気付いてほしいと思っているはずだ。

「……僕が、逃げてるから？」

彼女を通じて、僕は自分自身に踏み込んだ。

「何から？」

「水瀬から」

「それだけ？」

思ってもみないことを問われ、返す言葉を失ってしまう。

「樋口が逃げてるのは、私からだけなの？」

ほとんど自問自答みたいな会話だった。

僕という意識に対して、イマジナリーフレンドの形を借りて無意識が質問していた。

その無意識が、静かに言葉を続ける。

「樋口に必要なのは、現実を見ることだよ」

「それは……君が目覚めないかもしれないという現実を？　それとも――」

問いかけようとしていると、「え？」という女性の声が近くでした。

今の僕は明らかに不審者になっていた。目の前に誰かがいるかのように話している。

とっさに、声がした方向に振り返った。

「樋口、くん？」

そこにいたのは、制服姿の有馬だった。まさか有馬だとは思わずに驚いてしまう。

同時に、虚空に向けて話していた姿を見られたことに焦りを覚えた。

反射的に目をやると、水瀬は消えていた。

「あっ……」

急なことでパニックになり、馬鹿なことをしていた。有馬が水瀬を認識できるはずがないのだ。一連の奇行を見せてしまった結果、明らかに有馬は動揺していた。

えっと、などと言葉を探しながら尋ねてくる。

「……樋口くんって霊感とかある人？　球技大会の日も、不思議なことを言ってたよね。実はちょっと気になってたんだけど」

霊感と言われて苦笑してしまうが、それが普通の反応かもしれない。

有馬と視線を合わせながら、僕は覚悟を決めた。

人生には多分、こういう日がある。そういう時は突然やってくる。

これまで隠していたこと、逃げていたこと、そういうもの全てと向き合う日が。

「霊感とは、違うんだ」

「そう、なの？」

「信じてもらえないかもしれないけど、イマジナリーフレンドっていって」

「イマジナリーフレンド？　それって確か……」

「有馬も知ってるのか」

「なんとなくだけど。こうやって触れられない、空想上の友達のことだよね？」

そう言うと有馬は、僕の腕に触れてきた。

いっときは、有馬のことをイマジナリーフレンドかと疑いもした。

しかし彼女は確かに存在している人間だ。先ほどまでいた水瀬とは違って……。

僕は頷いてから有馬に話し始めた。

イマジナリーフレンドのこと。小学生の頃にそれが見えていたこと。

中学時代に水瀬という恋人がいて、その恋人が今、イマジナリーフレンドとして現れていることを。

いきなりこんな話をして、頭がおかしいやつだと思われたかもしれない。

だけど有馬だからこそ、自分の全てを話したいと思った。信頼できる友達だから。

事実、有馬は真剣な表情で僕の話を聞いてくれた。

水瀬の現状についても伝える。交通事故に遭い、遷延性意識障害となって、どこかの病院で眠り続けていると。

「樋口くんの恋人が……遷延性、意識障害」

さすがにその話を聞いた時は、有馬は息を呑んでいた。

「じゃあ、さっき話してたのって、ひょっとして……」

「恋人の姿をしたイマジナリーフレンドと話してたんだ。今日以外も、時々」

「だから前に、独り言を呟いてる変なやつって、自分のことを言ってたんだね」

「まぁ、事実だし。一年生の頃とか特に、そのせいで危ないやつに思われてたから」

なんでもないことだと微笑を浮かべる。

有馬は笑みを返してくれたが、再び真剣な表情になった。

「それで、イマジナリーフレンドが恋人さんの姿で現れてるってことだけど」

「さっきも説明したみたいに、イマジナリーフレンドは自分の無意識が生み出しているものなんだ。そして、何かしらの意味をもって生まれてくる」

そこで一旦、僕は発言を区切った。

有馬に対してというより、不甲斐ない自分に響かせるように言う。

「僕は今、水瀬の現状と向き合えていないんだ。突然、離れ離れになってしまって……。だから再会して、そのうえでどうすべきか決める必要があるんだと思う」

有馬は考え込むような顔を見せていた。

いくら彼女が相手とはいえ、話が深刻になりすぎてしまったかもしれない。空気がこれ以上重くならないように、苦笑してみせた。

「でも残念ながら、その手段がないんだ。どこにいるのか分からなくて」

水瀬の居場所を探すために、これまでにやったことも伝えた。

話し終えた僕が途方に暮れていると、有馬は尋ねてきた。

「樋口くんはどうしても、その恋人さんと……水瀬さんと再会したいんだよね」

「そうだね」

「水瀬さんの姿をしたイマジナリーフレンドも、それを望んでるると思ってるんだね？」

有馬は複雑な状況について彼女なりに整理し、理解してくれている様子だった。

僕が頷くと、有馬は何かを考え始める。しばらくすると……。

「分かった」

と、僕を驚かせる発言をした。

「私が、なんとかしてみるよ」と。

さすがに驚きを隠せなかった。同時に、申し訳ない気持ちにもなる。僕の現状を知ってしまった有馬が、無理にでも引き受けようとしてくれているのではないかと。

「その、有馬の気持ちは有難いけど……。方法がないんじゃないかな」

「え？　それは……」

気遣いは嬉しいが、彼女はあくまで第三者だ。それに探しようもないはずだ。

「とにかく、私にもできることがあるかもしれないから、協力させてよ」

「それは、すごく有難いけど……。でも、どうやって？」

「そこはほら、私って完璧な美少女なうえに、ミステリアスなキャラでもあるじゃん」

「だからって、いくらなんでも無理なんじゃ」

「いいから！　とにかくここは、私に任せておいて！　いい？」

僕に「無理」と言われてムキになったのか、有馬に迫られてしまう。

「わ、分かった。分かったから。ちょっと近いって」

ただ、一連のやり取りで深刻な空気は和らいでいた。あるいは有馬はそうやって、意図的に陽気なものをこの場に加えてくれたのかもしれない。

あらためてお互いの顔を見て、どちらからともなく笑みをこぼす。

「でも、こうして色々と話してくれて、ありがとね。相談してくれて、嬉しかった」

「いや、そんな……。こちらこそ、話を聞いてくれてありがとう。長話でごめん」

「ううん、全然。私、樋口くんの役に立てるように頑張るから」

水瀬を見つけるのはさすがに無理だと思うが、有馬の熱意を無下にはできなかった。

それから少し雑談をして、有馬と別れる。別れ際に彼女が振り返って言った。

「あ、そうそう。前にも言ったけど、転校関係でまだ終わってないことがあるんだ」

「そう、なのか」

「だから来週も、あまり学校に行けないと思う。でも水瀬さんの件も頑張るから。あと、私がいないからって寂しくて泣かないでね」

「泣かないって」

有馬は満足そうに頷くと、「うん、それじゃ」と挨拶して去っていった。

僕は彼女の背中を黙って見送る。先ほどのやり取りを思い出して、自然と微笑んだ。

それからふと気になって、人を待つフリをしてその場にしばらく佇む。

水瀬が再び現れるかと期待したが、彼女が姿を見せることはなかった。

3

翌週に教室を訪れると、有馬は言葉通りに学校を休んでいるようだった。相変わらず一人のままだが、この土日で自分がすべきことを見つめた僕は少し変わっていた。

時間がかかっても必ず、僕は水瀬と再会してみせる。

僕はそう決めた。それが自分にとって、正しいことだと。

そのあとのことについても、考えていた。

再会したら、水瀬が目覚めるのを自分の意志で待ち続けようと。

限りなく可能性は低いが、ゼロじゃない。水瀬と同じ状態の人が、十数年の時を経て目覚めた事例だってある。それはフィクションではなく、本当にあったことだ。

僕は今、ようやく水瀬と向き合い、未来のことを考えられるようになっていた。

彼女が目覚めた時、僕は彼女を支えられる人間になりたかった。

そのためには現実的な努力が必要だ。

僕は自分の生活を見つめた。生活のリズムを取り戻そうとした。

まだ水瀬と再会しておらず、その算段がつくかも分からないが、有馬が見つけられなくても、その時は自分で再び努力してみようと考えていた。

放課後は教室や図書室に残り、勤勉な自分に戻ろうとペンをノートに走らせ続ける。

そうしていると、月曜日、火曜日とあっという間に過ぎていった。

イマジナリーフレンドの水瀬は姿を見せなかったが、僕にはある予感があった。

おそらく、彼女は……。

水曜日の放課後も図書室に残って勉強していると、いつしか外が夕焼け色に染まっていた。開け放たれた窓から風が入ってくる。カーテンを静かに揺らした。

思わず顔を上げる。イマジナリーフレンドの水瀬が、僕の前にいた。

「やぁ、水瀬」

「どうしたの樋口。なんか、嬉しそう」

周囲に誰もいないこともあり、僕は自分から話しかけていた。彼女との間には様々なことがあったが、今はどんな気負いもなく彼女を迎えられていた。

「ちょうど君と、会いたかったんだ」

「え……。大丈夫なの、樋口？」

「君が見えてるから、多分、大丈夫ではないんだろうけど」

数日前と同じ冗談を言うと「またそれ」と、水瀬が苦笑まじりに反応する。

僕の落ち着いている様子を見て取ったのか、しばらくして彼女は言った。

「樋口、決めたんだね」

彼女は僕のことならなんでも知っていた。僕以上に僕のことを知っていた。

目を一度伏せてから、水瀬を見つめる。

「水瀬……君はきっと、僕が現実と向き合えるように生まれたんだろ？」

「そうだね」

「ようやく決心がついた。僕は、本物の君を必ず見つけてみせる。そして、君と生きていこうと思う。未来に向けて歩き出そうと思う」

何が大切かなんて分かっていたはずなのに、僕は自分でそれを分からなくさせていた。

ひょっとすると僕はまた、躓（つまず）いて分からなくなることがあるかもしれない。

けれど今なら、はっきりと言える。

躓いたのなら、その度に自分なりの答えを見つけていけばいい。

それが自分を生きることなのかもしれない。

「なんか、青少年育成のポスターの言葉みたい」

僕がそういったことを伝えると、水瀬がふっと表情を緩めた。

「まぁ僕も、青少年だし」

「迷えるお年頃だしね」

「でも……もう迷うのは充分だよ」

僕が応じると、水瀬が瞼を閉じる。やがて、その目を開いて言った。

「それじゃあ、私の役目はここまでかな」

「寂しいこと言うなよ」

「樋口……覚えておいて。どんなことがあっても、樋口は大丈夫だから」

再び風が吹く。気圧が音もなく大気を揺らす。

水瀬は消えていた。あとには彼女がいない光景だけが残される。

彼女が隣にいない現実だけが、彼女が隣にいない世界だけが。

「次に会う時は……。現実の君と会ってみせるから」

僕は呟くと、自分のやるべきことを見つめて勉強に戻った。

そんな日常で少しの異変が起きたのは、家に帰って夕食をとったあとのことだった。

自室で学習計画を練っていたら、見知らぬ携帯電話の番号からスマホに着信があった。

「……はい」

「あ、樋口くん？」

不審に思いながら通話ボタンを押すと、相手は有馬だった。

「そうだけど……。え、有馬、だよな？　どうして僕の番号を知ってるんだ？　それに携帯電話は持ってなかったんじゃ」

「そこはほら、ミステリアスな美少女はなんでも知っているという設定で……。あと、やっぱりスマホは必要かなと思って」

「どんな設定だよ。というか、電話してきてどうしたんだ？」

「あ、うん。えっと……」

そこから先、有馬は思ってもみないことを伝えてくる。

水瀬の居場所が分かったのだと言う。

知らず、僕は言葉を失くしていた。そんなことが、果たして起こり得るのだろうか。

「樋口くん？　聞いてる？　あの……大丈夫？」

「あ、あぁ……。ごめん、聞いてる。それで？」

それからの会話で、有馬がどうやって水瀬を見つけたのか尋ねたが、はぐらかされてしまう。でも彼女のことは信頼していたし、嘘をついているとも思えない。

本当に見つかるなんて考えもせずに驚いてしまったが、有馬が案内してくれるという話になって、日曜日に水瀬のもとに向かうことになった。

「それじゃあ樋口くん。次の日曜日に」

「……分かった」

隣町の駅前に午後一時に集合することにして電話を切る。

通話を終えたスマホを呆然と眺めていたら、手が震えていることに気付いた。なぜ震えているのか分からない。意識下のことだ。

その日は簡単に眠りにつけなかった。朝方になってようやく寝付く。

学校にこそ足を運んだが、夢うつつのような状態でぼんやりとしてしまう。

有馬はまだ用事があるのか、教室に姿を見せなかった。

4

ついに、有馬と約束していた日曜日を迎える。昨夜もうまく寝付けなかったため、目覚めたのは朝の十時頃だ。

今日、僕はいよいよ、本当に水瀬と再会することになる。

朝日を浴びるためにカーテンを開いた。

この光を今、水瀬も眠りながら、どこかで感じているのだろうか。

身支度を終え、朝食と兼用の昼食をとる。約束の時間に遅れないように家を出た。

駅前の集合場所に、有馬は既にいた。僕を見つけると手をあげてくる。

「あ、樋口くん」

私服姿の有馬を見るのは初めてだ。白を基調とした上品な服装をしている。

「そういう格好を見ると、お嬢さんって感じするな」

緊張を和らげようと、僕はからかい交じりの言葉を口にした。

「制服の時は、そう見えなかった？」

「あんまり意識したことなかった」

「樋口くん、私に興味なさすぎ」

「有りすぎよりいいだろ」

以前に有馬と会った時から一週間以上経っているが、二人の間に不自然さは微塵(みじん)もなかった。なんでもない言葉を交わしていると、徐々に気が紛れていく。

けれど、ここに来た意味を忘れたわけじゃない。

「それじゃ有馬、案内してもらっていいかな？」

促すと、有馬は真面目な表情になって頷いた。

「うん。じゃあこっち」

有馬に先導されてその場を離れる。向かった先はバスの停留所だった。

かすかに戸惑ってしまう。長期滞在ができる病院は、ベッド数の関係なのか、田舎にあることが多い。電車で市外に移動するものだとばかり思っていた。

「電車じゃないのか？」

「違うよ」

「ひょっとして高速バスとか？」

「ううん、市バス」

「市バスって……。え？　じゃあ市内ってこと？」

待っているとすぐにバスがやって来た。有馬と乗り込み、一番後ろの席に並んで腰かける。どれくらいで着くのか尋ねると、三十分ほどだと有馬は答えた。

今からたった三十分で、水瀬がいる場所にたどり着いてしまう。

緊張が極まってか軽口が出てこない。バスが目的の場所に着くのをただ待った。

普段なら話しかけてきそうなものだが、有馬は僕を慮って(おもんぱか)か無言だった。

無限にも思える三十分を、黙って過ごす。

「次、降りるから」

やがて、バスが目的の停留所に到着する。病院前の停留所ではなかったが、少し離れた場所にそれらしき建物が見えた。僕たち以外にも数人の乗客がそこで降りた。

「樋口くん。ちょっと歩くよ」

「あ、あぁ」

有馬が足を進め、そのあとに続く。夢の続きを生きているようで現実感がなかった。

本当に今日、これから、水瀬と会うことになる。

………途端に怖くなった。

息が乱れ始める。理由は分からないが鳥肌が立っていた。

水瀬はいつ目覚めるんだ？　本当に目覚めるのか？

過呼吸気味になり、これまでどうやって呼吸していたのか忘れてしまう。

「樋口くん？　大丈夫？」

先を行く有馬が、僕の様子に気付いたようで立ち止まる。駆け寄って来た。

「大丈夫、だから」

「でも……」

有馬は躊躇いがちな表情となり、「今日は、やめておこうか？」と尋ねてくる。

僕は首を横に振った。

「行こう、有馬」

現実に向けて、僕は一歩一歩進んでいく。

覚悟が伝わったのか、有馬は僕をもう変に気遣わなかった。僕を先導して歩く。

情けないことに、有馬についていくので精一杯だった。視界がぼやけ、彼女の踵を追うことしかできない。

しばらくすると、有馬の足がとまった。

歩いていただけなのに、僕の息は荒い。下がっていた視線をゆっくりと上げた。

有馬が立ち止まった先にあったのは、病院ではなかった。

思わず僕は目を見開く。そんな僕を一瞥すると、有馬はまた歩き始める。

なんだ、どういうことだ。有馬はどこに僕を連れて行こうとしているんだ。

有馬は前だけを見て進んでいた。そのあとを必死で追う。

体が寒い。一歩が重い。頭痛すらする。

時間の感覚が狂い、有馬との行程をやけに長く感じた。再び、彼女が立ち止まる。

僕は有馬の隣に並んだ。彼女は何かをじっと見つめていた。

視線の先を有馬と揃える。

笑おうとして、だけど、それができず……。口元がひきつった。

水瀬家之墓。

そこにあったのは、冷たく静かな墓石だった。

有馬は僕を病院ではなく、郊外の霊園に連れてきた。入り口で立ち止まった際にそのことを確認して以降、僕の思考は千々に乱れていた。

そして再び立ち止まった先で、不可解なものを見つけることになる。

水瀬と同じ苗字（みょうじ）が刻まれたお墓だ。

突如、有馬に対して言いようのない怒りを覚えてしまう。

冗談にしては手が込みすぎていた。わざわざ同じ苗字のお墓を見つけてきたのか。

水瀬は今も病院にいるはずだ。遷延性意識障害で眠っている。

こんなところで、土の下で眠っているのではない。

その怒りがある瞬間……肌を舐（な）められたようにぞくりと変質した。

というか、そもそも彼女は何者なんだ？

有馬のことが急に恐ろしくなった。ある日、僕の前に突然現れた彼女。

終始笑顔で友達になろうと言ってきて、優しくて、僕の知らないことまで知っていて。

どうして彼女のことを、もっと不自然に思わなかったんだろう。

「有馬……。悪戯にしては、やりすぎだろ」

有馬を直視できず、墓石に視線を注いだまま言う。

返事はなかった。

「なんだよ、どういうことだよ。そんなに僕が嫌いなのか」

やはり、返事はない。

なぜだろう。隣に目をやれば、有馬はいなくなっている気がした。

僕だけをここに残して、煙のように姿を消している気がした。

「なんとか言ってくれよ、有馬！」

僕はほとんど叫んでいた。意を決して有馬に視線を転じる。

「あり、ま？」

そこには、有馬がいた。消えていない。ちゃんと僕の隣にいる。

でも変だった。有馬は泣いていた。瞳から涙を流していた。

どうしてだ。なぜ有馬が頬を濡らしているんだ。そもそも君は……誰なんだ。

「有馬」

思わず有馬に手を伸ばす。彼女の腕を摑んだ。

イマジナリーフレンドには触れることはできないが、有馬ならこうして触れられる。

摑まれていない方の手で有馬は涙を拭うと、僕を見つめてきた。

有馬は明確に悲しんでいた。それだけじゃない。どこか、自分を悔いているような目をしていた。

その瞳に打たれ、彼女が善人であることを思い出す。

そんな彼女が苦しんでいた。まさか……。

「水瀬は……転院先で、亡くなったのか？」

喉の奥がひりつく。僕という存在が、そうした言葉を口にすることを拒んでいた。

死んでいたらもう、何もできない。待つことすらできない。

そんなことがあってはいけなかった。しかし、そんなことでしか説明がつかない現実が目の前にあった。

僕の質問に、有馬が首を左右に振る。

「違うよ」

違う。何が違うんだ。水瀬が死んでしまったことか。それともこの現実か。

あ、そうか……。ひょっとしてこれは、夢なのか。

まだ今日という日は始まっていなくて、僕は悪夢を見ているだけなのか。

飛び起きたら、事実、これは夢で……。

不吉な夢に僕は心配するけど、午後になれば有馬と駅前で会って病院に行く。

その先で、眠っている水瀬を見つける。

情けないことに、僕は泣いてしまうだろう。けれど、ようやく再会できたねって、瞼を閉じた水瀬に話しかけるだろう。

一人にさせて、ごめん。これからは一緒だから。君が目覚めるのを待ち続けるから。

そうやって僕は、彼女と再会する。新しく人生を始める。

そうだ。そうに違いない。だからこれは、夢なんだ。ただの悪夢なんだ。

そうだよな有馬？　なぁ？

しかし、僕は気付いてしまった。僕は有馬の腕をしっかりと摑んでいた。

この感触はもう、どうやっても現実だった。

有馬は潤んだ瞳で僕を見つめていたが、意を決したのか言葉を続ける。

「聞いて、樋口くん」

僕はもう何も聞きたくなかった。

耳を塞ぎたい。実際に塞いだ。その手を有馬が外す。

「お願い。聞いて、樋口くん」

「嫌だ。この世界は、おかしい。違う！　こんな世界、知らない。ここは違う！」

「水瀬さんは、転院先で亡くなったんじゃないの」

有馬がまた、泣いていた。ぽろぽろぽろぽろと、子どもみたいに涙を流していた。

「水瀬さんは……遷延性意識障害には、なってないの。それは樋口くんの思い込みなの。だって……」

有馬はそこまで言うと、顔を苦しそうに歪める。それでも言った。

その一言で、僕が自分自身に欺いていたものを露わにした。

「私の父親が起こした交通事故で、水瀬さんは十日後に、亡くなっていたんだから」

■■■■■の彼女について

1

私には、自身の生涯を通じて二人の父親がいた。実の父親と、義理の父親の二人だ。

時々勘違いされるけど、実の父親とは死別したわけじゃない。

あり触れた話、つまりは両親の離婚だ。

それも昔のことで、私が保育園に通っていた頃になる。

母親から事前に離婚について説明された記憶はない。本当は説明されていたのかもしれないが、覚えていない。ただ、保育園の名札が変わった時のことはよく覚えていた。

遊んでいた時に先生に呼ばれ「今日からこれを着けようね」と新しい物を渡された。

幼かった私は、実の父親の存在についてよく分かっていなかった。

私の自意識が芽生える頃には別居していたようで、一緒に暮らした記憶もない。

それでも、父親らしき人物の記憶は漠然とあった。

別居したあとでも我が家をたまに訪れて、私を車で遊びに連れて行ってくれた。

どこか破天荒なその人物のことが、私は好きだった。

だけど子どもながらに、そのことは母親には言ってはいけないだろうと感じていた。

私に義理の父親ができたのは、小学校四年生の頃になる。

その頃にはもう、自分はほかの人とは少し違うことを自覚していた。

皆が当たり前に持っているものが、自分にはない。それは、授業参観で並ぶ両親の姿だったり、運動会の家族の光景だったり、頼りになる父親だったりした。

不思議と、寂しいとは感じていなかった。自分は寂しくないと、言い聞かせていたのかもしれない。何度寂しくないと言っても、寂しくなるのは分かっていて……。

ある日突然、そんな私に義理の父親という新しい家族ができた。

実の父親と彼は、まるで違うタイプの人間だった。正反対のタイプを意図的に選んだんだろうと気付いたのは、もっと先の中学時代のことだ。

義理の父親は年こそ取っていたが、豊かな人だった。寡黙で品がある。知識と教養もあるんだろう。母親が当時勤めていた会計事務所の所長をしていた。

結婚して専業主婦となった母親は、彼を深く尊敬している様子だった。連れ子はなく、お互いに再婚で、年は少し離れていたがお似合いの夫婦だった。

そんな品がいい相手だから、私も品よくする必要があった。

我儘は言わず、物分かりは良く、言われなくても勉強する。習い事も経験し、文句は口にせず、それでも時々は子どもらしさも見せ、二人を安心させる。

私が気を遣っていると、二人に気付かせないようにしなくてはならなかった。

小学校を卒業するまで、実の父親とはなんの接点もなかった。

それが中学校に進学した際、両親が何か相談したらしく、実の父親と一ヶ月に一度だけ会う機会が設けられた。

なんとなくだけど、良識的な判断だなと思った。言い方は少し悪いかもしれないが、義理の父親が配慮しそうなことだと。そういうことが、我が家にはよくあった。

そして私も良い娘を演じるために、それが不要とは言えなかった。

やがて母親が段取りをつけ、ゴールデンウィーク中に実の父親と会う算段がつく。

実の父親は随分と喜んでいたという話だ。ただ、会うにしても法律に則(のっと)って行う必要があるらしく、会う日時や頻度、送り迎えの方法などが事前に定められていた。

一回目はお互いに見分けがつかないといけないので、母親が一時的に立ち会った。

集合場所に実の父親が現れると、母親に挨拶したあとに目を丸くして私を見た。

「じゃあ、やっぱり帆花なのか。大きくなったなぁ」

実の父親は、あまり父親らしくなかった。服装や髪型も若く、かなりラフだ。

その父親と合流してからは母親と別れ、二人で近くの喫茶店に入った。

「帆花も中学生だろ。もう彼氏とかいるのか?」

向かい合って座るなり、実の父親は興味深そうな顔をして尋ねてくる。

会えばお互いにもっと緊張するものだと思っていた。

よそよそしくなったりして、会話が続かないかもしれないと。でも、全然違った。

「彼氏とか、いません」

「へぇ、好きな男の子はいないの？　同級生とか、先輩とか」

「というか、ちょっと会話の距離感が近くないですか？」

「帆花は随分と遠いな。なに、いつもそんなにお淑やかなの？」

「……よくお母さんと結婚できたね」

「うわ、そういうこと言う？」

今の私の家族は表情が豊かではない。寡黙や思慮深さを重んじ軽薄さを嫌っていた。

しかし実の父親は表情豊かで、彼の言葉と苦々しそうな表情につい笑ってしまう。

「お、笑ってくれた。帆花はもっと笑った方がいいぞ。せっかく美人なんだから」

彼がそう言って笑顔を見せた時、この人は本当に私の父親なんだと腑に落ちた。

鏡で見る私の笑顔によく似ていた。私は父親似だった。

話をすると笑いのツボや嗜好が似ていることも分かり、あらためて父親を実感した。

彼はお調子者で大人っぽくなくて、格式や良識とは無縁の人だった。

だからだろうか。一緒にいると自然体でいられた。一ヶ月に一度、実の父親と会うのが楽しみになった。

「さぁ帆花、今日は何をしようか。どこにでも連れて行ってやるぞ」

そうして会うようになると、実の父親は中学生の私に色んなことを教えてくれた。

そこには今の家族が知ったら眉をひそめそうな、悪いことも含まれていた。

ジャンクフードの美味しさだったり、車の疾走感だったり、お得なクーポンの使い方や、禁止されていたゲームセンターで一日遊ぶ方法だったりと、記憶の通り破天荒だ。

ただ、その体験は私を笑顔にさせた。実の父親と会うのが待ち遠しくなった。

もちろん、家ではそんな態度は見せない。良識的な決まり事の一環として扱い、喜びも悲しみも見せず、淡々と普通でいる。

時折、実の父親と過ごしていると、小学生の頃の授業参観や運動会を思い出した。

私は多分、本当なら……賑やかに過ごしたかったのだ。

実の父親がいてくれたらきっと、私を寂しくはしなかっただろう。時に鬱陶しいと感じることがあるかもしれないが、私に普通の小学校時代を与えてくれた。

実の父親は、お調子者で破天荒ではあったが……とても優しかった。

義理の父親に甘えられない分だけ、私は実の父親に甘えた。本当に欲しいものを欲しいと言えた。そうやって実の父親とも過ごし、いつしか中学三年生になる。

その頃になると、私立高校の受験に向けて幾つか認識を変えることが求められた。

事前の決め事らしいが、受験に集中する必要がある十二月からは、実の父親と会うのを控える約束になっていた。母親からそのことを、あらためて伝えられる。

その期間だけじゃなく、中学三年生の夏には会うのが中断しそうになる。母親が受験を心配していて、無理に会う必要はないと言われた。でも私は別に無理していない。

「別にいいよ。一ヶ月に一回のことだし」

「そう？　だけど、お父さんが勧めてくれた私立の受験勉強だってあるから……」

「大丈夫。私の成績知ってるでしょ？　それにあの人だって、受験が終わるまで会えなくなるのを寂しく思ってるかもしれないしさ」

本当に寂しく思っていたのは、どっちだったんだろう。

しかし、義理の父親の決め事には従う必要がある。良い娘であるためには破れない。

夏の終わり頃には、実の父親としばらく会えなくなることを私は意識していた。

たった数ヶ月だと思いながらも、離れるのは辛い。おそらく実の父親も同じだった。

そのため、無理をして会いに来てくれた日もあったんだと思う。以前は仕事が忙しければ、会うのが一ヶ月延期になったり、日程が変更になることもあった。

でも夏の終わり頃からは、そういうことは一度もなかった。

自営業をしているらしく、お金と時間ならそこそこあると本人は言っていた。会う時は好きなものを食べさせてくれたし、プレゼントだって買ってくれた。

だけどそれは、彼なりの見栄(みえ)だったんだと思う。実の父親は頑張って、父親らしい父親を演じてくれていた。

私はそのことを、思いもよらぬ形で知ることになる。

2

秋も暮れ、受験に向けて本格的に忙しくなってきた十一月のことだ。

日曜日のその日、私は実の父親と会う約束をしていた。車でドライブに連れて行ってくれることになっていて、港町の駅前ロータリーで父親が現れるのを待っていた。

それ以降は受験が終わるまで会えなくなる。今日を笑顔で精一杯楽しもうと思った。

しかし約束の時間になっても、実の父親は現れなかった。時間にルーズな印象を与えるけど、これまで遅れたことは一度もない。

何かあったのかと心配で、スマホでメッセージを送った。返事がない。

母親に連絡しようか迷うも、それで実の父親に悪印象を持たれてもよくなかった。

無事を祈りながら待っていると、一時間ほどして実の父親から電話がきた。

「すまない帆花、連絡がこんなに遅れて。それで、今日の約束なんだけど……。本当に申し訳ないが、ちょっと守れそうにないんだ」

「え……う、うん。分かった。それより、どうしたの？　病気？　何かあった？」

「いや、それが……」

電話越しに、交通事故を起こしたと知らされる。

詳細は聞ける雰囲気じゃなかった。それと分かるほどに、父親は疲弊し切っていた。

電話を終えて時刻を確認する。まだ十一時を少し過ぎたばかりだった。

早く帰宅すると、母親に理由を聞かれてしまうかもしれない。考えた末、私は近くの図書館に向かった。昼食も一人で済ませ、時間を潰してから夕方に帰宅した。

母親から今日のことを聞かれた時には、いつも通りだったと嘘をついた。

それで日程の変更ができずに、春先まで会えなくなったとしても……実の父親の立場を優先したかった。だけど結局、それも意味のない行動だった。

翌日に学校から帰宅すると、母親が険しい表情で私を迎えた。

「帆花。あなた、昨日は本当はどうしてたの？　正直に教えてくれない？」

あらためて聞いてくるということは、何かで事情を察知したのかもしれない。

自分が配慮した理由も含めて、私は正直に話すことにした。

全てを聞き終えると、母親は深刻そうな面持ちとなる。

「そうだったのね。それで、あの人のことなんだけど……。隠し通せることじゃないと思うから、今、話すわね。落ち着いて聞いてね」

そこで私は、実の父親が起こした交通事故の詳細を聞かされる。

私を迎えに行く途中、市街地にもかかわらず対向車線のトラックが中央線を越え、実の父親が運転する車にぶつかりそうになったらしい。

慌ててハンドルを切った結果、実の父親が運転する車が歩道に進入してしまった。

その際に、中学生の女の子を撥ねてしまったという。

警察の調査で、そのトラックの運転手が飲酒していたと分かったそうだが、中学生の女の子を撥ねてしまったのは実の父親だった。

それで罪に問われ、今は留置場で身柄を拘束されているという話だった。

そんなことが起きていたとは思わずに、私は呆然となってしまう。

「え……あの、それで……。その中学生の女の子は、大丈夫なの？」

尋ねると、母親は答えにくそうに応じた。

意識不明の重体だと。

私は部屋に戻ると、制服から着替えることもせずにスマホでニュースを調べた。

事故の詳細が写真付きで載っていた。思った以上に大きく報道されている。

詳細は母親から聞いた通りだが、実の父親の職業が派遣社員となっていた。ほかの記事も調べたところ、実の父親は倉庫整理の仕事をしているらしかった。

新聞記事を通じて、私は実の父親が隠していたであろうことを知ってしまった。

同時に、父親が撥ねてしまった女の子が、私と同じ年だということも知ってしまう。

名前は載っていないが、中学三年生の女の子と表記されていた。

その子が意識不明の重体……。大丈夫、なんだろうか。

ちゃんと意識は戻るのか。それとも既に戻っているのか。それすらも分からない。

落ち着かない気持ちのまま数日を過ごす。我が家は変な雰囲気だった。義理の父親は私を慮り、不用意に刺激しないためにか何も言ってこなかった。

私はどうしても気になってしまい、母親に被害者の女の子のことを尋ねた。

母親も詳しいことは知らないらしい。

警察から、元の夫が起こした事故について尋ねられただけだという。

「結局は事故なんだから。帆花ももう、忘れなさい。それで……事情が事情だし、あの人とは今後会えなくなるから。それだけは知っておいて」

母親は私に助言をした。あるいは忠告をしていた。実の父親が起こした事故のことは、忘れた方がいいと。多分、それは正しい判断なんだろう。

私の中にいる小利口な自分も忠告してきた。この件には深く踏み込まない方がいい。実の父親のことも、そっと忘れた方がいい。それが自分のためだと。

だけどもう一人の私は、真実を知るべきだと強く訴えていた。

私は単なる第三者じゃない。

だって……私との約束がなければ、実の父親は事故を起こさなかったかもしれない。女の子も、事故に遭わずに済んだかもしれない。

私は震えながらも、ネットの掲示板で情報を探してしまった。

やがて、ある書き込みを見つける。あの交通事故にまつわるものだ。被害者の女の子と同じ中学なのか、具体的なことを書いてる人が何人かいた。

《事故にあったのは水瀬って女の子だよ》

水瀬、さん。ニュースでは報道されていない名字がそこに書かれていた。

今も意識が戻らない、などの書き込みもある。

《昔は結構、問題起こしてたやつ》

《でも真面目な彼氏ができたからか、最近はおとなしかった》

《前は警察騒動とかあったのにな。今は挨拶とかしてきて普通にいいやつだよな》

《というか、めちゃくちゃ可愛かった。それなのにさ、マジでやりきれないよ》

《轢いたのって、おっさんだったんだろ？》

《四十代の派遣社員のおっさんに轢かれた。そのおっさん、最悪だよな。おっさんの方が意識不明になればよかったのに》

思わずブラウザを閉じる。そこに書かれているのが、ある種の世間の声だった。

途端に息をしているのが辛くなる。寒くて、寒くて、体は震えていた。

なのに意識の動きはとまらない。ネットに書かれていた言葉が何度も頭を過る。

《四十代の派遣社員のおっさんに轢かれた。そのおっさん、最悪だよな。おっさんの方が意識不明になればよかったのに》

私の……私のお父さんだって、事故を起こしたくて起こしたわけじゃない。頑張って生きてた。皆から見たら最悪かもしれないけど、私には格好良かった。私に色んなことを教えてくれて、知らない景色を見せてくれた。

とっても、優しかった。

そのお父さんが起こした事故は、どうやっても取り返しがつかないものだ。罪を償う必要があるのだろう。犯してしまった罪を、無責任に擁護するわけじゃない。

それでも、世界に一人だけでも、私はお父さんの味方でいたかった。

どんなに格好悪くても、お父さんが大好きだったから。

けれど、中学生の私にできることは何もなかった。お父さんは留置場にいるという話だが、あれから日数が経って今は別の場所にいるのかもしれない。

面会できるのか、そもそも私に面会が許されるのかすらも分からない。

ただ、お父さんには会えなくても、水瀬さんには会える可能性があった。

今も意識が戻っていないのか、実は快復しているのか、それだけでも知りたい。

ニュースでは現場近くの病院に運ばれたと書かれていた。重体の患者さんが搬入される場所は、そんなに多くないはずだ。

調べてみるとその通りだった。驚くくらい簡単に、入院先の病院を特定できた。

居ても立ってもいられず、翌日の放課後には、その病院の受付カウンターを訪れる。

事前にお見舞いの方法は調べていた。制服姿なこともあってか、特に不審がられずに面会証を渡してもらい、水瀬さんがいる病室の場所も教えてもらった。

しかし意識がまだ戻らないので、面会は十分程度で済ませてほしいとのことだった。

「え……。やっぱり、まだ」

本当ならそこで帰ってもよかった。目的は一応、果たしたのだから。それでも私は案内図を頼りにエレベーターの場所を探し、震えるような心地で病室に向かった。

その途中、あることに気付いてしまう。ご家族が病室にいたら、どうしよう。

――私が加害者の娘だと知られたら、どんな反応をされるだろう。

思わず身震いしてしまう。ここで帰ってしまおうかと何度も思った。だけど私は自分の責任として、被害者の水瀬さんの現状を直視する必要があった。

ご家族がいたら、部屋を間違えたと言って退出しよう。そう覚悟を決める。

エレベーターが目的のフロアに到着し、私は教えられていた病室へと足を進ませた。

すると、あと数歩というところで水瀬さんの病室の扉が開いた。

反射的に肩をすくめてしまう。中からは、制服姿の男の子が出てきた。

水瀬さんの同級生、だろうか。

その男の子はなんだか、とても疲れているように見えた。眠れていないのか顔色も悪い。まるで彼も事故に遭ったかのようにボロボロだ。

私には見向きもせず、その男の子は重そうな足取りで横を通り過ぎていく。

ふと、書き込みの文言を思い出した。どこか真面目そうな男の子だった。

《でも真面目な彼氏ができたからか、最近はおとなしかった》

ひょっとして、水瀬さんの恋人なんだろうか。だとすると今の状態にも納得できる。

私は彼に声をかけたくなった。どうにかして元気づけたかった。

けれど、なんと言えばいい？　私はどんな言葉をかけられる？

加害者の娘だと知られたら、彼は私のことをどう思うだろう。

体が硬直してしまい、結局、何もできなかった。そのまま男の子を見送る。

心臓は早鐘を打ったように鼓動していた。それでもなんとか気を落ち着けて、病室の前まで進む。自分を切り替えて、水瀬さんの病室の扉を開いた。

ご家族の姿は見当たらなかった。機械と、ベッドで眠る女の子がいるだけだ。

扉を閉めて、私はベッドに歩み寄る。

目鼻立ちがはっきりとした、美しい女の子が寝ていた。

そんな彼女の近くには、大人びて見える彼女の印象から少し遠いものが飾られていた。

千羽鶴だ。この短期間で、誰かが彼女のために作ったんだろう。

ベッド脇のチェストには、寄せ書きも置いてあった。

それを目にして、私は何も言えなくなってしまう。

《水瀬凜さんへ》

《どうか、よくなりますように》《一回くらい買い物つきあってよね》《いつもあいさつしてくれて、ありがとう》《水瀬、がんばれ！　帰ってこい！》《実は一年の頃からクラス一緒でした。今のクラスで少し話せるようになって、すごく嬉しかったです。早くまた話したいです》《水瀬さん。みんな、待ってるからね》《早く戻ってクラスの顔面偏差値をあげてくれよな》《水瀬さんの復帰を待ってます》《水瀬ぇ！　起きろぉぉ！》《あいさつだけで話したことなかったけど、本当は話したいです》《俺も！》《クールな姿に憧れてます》《水瀬さんがプリント集め手伝ってくれたこと、ずっと覚えてる。また手伝ってほしいよ》《俺、鶴を百羽も作った。きっと大丈夫だからな》《僕は百五十です。早くよくなってください。待ってます》《水瀬、負けるな。絶対によくなるから！》《嫌なことがあった日でも、水瀬さんがあいさつしてくれるって分かってたから学校に通えた。ありがとう。早くよくなりますように》《これからが受験本番だ！　戻ってこないと追い越すからな！》《↑あんたはそもそも水瀬さんの相手にならない。馬鹿がのさばるから早く戻ってきてね》《勉強を教えてくれて、ありがとう。また話せる日を待ってます。また話せるって信じてます》《ゆっくりでもいいから、よくなってね》《負けないで！　頑張れ、水瀬さん！》《遊園地の感想、恥ずかしがって教えてくれなかったよね。戻ってきたら、ちゃんと教えて。私、待ってるから》

水瀬さんは……クラスメイトから慕われていた。

直接話す機会は多くなかったのかもしれない。挨拶だけの人もいたのかもしれない。それでも多くの人が、それぞれの言葉で水瀬さんの快復を祈っていた。

そんな寄せ書きの中で一つだけ達筆なものがある。おそらく、担任の先生だろう。

《水瀬凜さんへ。もう独りじゃないからな。みんなで君が戻るのを待ってるぞ》

かつて、水瀬さんは独りだったのだろうか。

ネットの掲示板では、以前に警察騒動を起こしたとも書かれていた。だけど恋人ができて変わったと。毎日のように挨拶をしてきて、普通にいい人だったと。

そんな女の子が、事故に遭ってしまった。私の父親がそれを引き起こしてしまった。

水瀬さんは、たくさんの人に好かれていたのに。

これまでそうであったように、きっと、これからもそうであったに違いないのに。

どうすることもできない私は、ベッドで眠る水瀬さんに深く深く頭を下げた。

水瀬凛さんが亡くなったのを知ったのは、それから三日後のことだった。

私は放課後、水瀬さんのお見舞いに行くことを自分に課していた。意味なんてない自己満足かもしれない。けれど彼女が目覚めるまで、病室に足を運ぶつもりだった。

それなのに……。

その日、病院のカウンターで面会の申請をしようとすると受付の女性が顔を曇らせる。受付の女性とは顔見知りになっていて、私を視界に認めた時から様子が少し変だった。

「水瀬さんは昨晩……容体が悪化して、亡くなりました」

私の思考は一度に停止する。言葉がただの記号に成り果て、意味が繋がらない。冗談や誇張ではなく、本当に意味が分からなかった。

なくなる。なくなるとは、なんだっけ。いなくなるという意味か。いなくなる。どこから？　病院から。この世界から。

拒んでいた論理が悲しく繋がる。水瀬凛さんは――死んでしまった。

「そ、そうですか」

そう返事をするのですら、時間がかかった。受付の女性に気遣われる。「大丈夫ですか？」と問われ、なんとか頷いた。お礼を言って受付カウンターから離れる。

一人になれる場所を探して、自動販売機近くの長椅子に腰かけた。

私は水瀬さんのことは情報でしか知らない。

顔も数回しか見ておらず、話もしていない。なのに涙がとまらなかった。

皆が、水瀬さんが帰ってくることを待ち望んでいたのに、彼女は帰ることができなかった。私と同じ年齢なのに。将来がこれからあったはずなのに。

私は泣いた。泣いても仕方がないことは分かっていた。

だけど一人でも多く、一滴でも多く、彼女のために涙を流したかった。

いつかどこかで知り合えたかもしれない同級生の彼女を思い、声を殺して私は泣いた。

3

結局、お父さんは起訴されて実刑判決を待つことになった。

それでも同情の余地はあり、執行猶予がつくだろうという話だった。

しかしネットでは同情されず、軽く騒ぎが起きていた。お父さんはＳＮＳをやっていたようで、そのアカウントが特定されてしまったのだ。

お父さんが投稿していた写真の中には、娘と紹介されて私の横顔が写っているものがあった。別の投稿では、その娘の名前が「帆花」であると書かれていたようだ。

お父さんだって悪気があったわけじゃない。友達や知り合いに自慢したかったのかもしれない。微笑ましい話として、片付けることもできる。

だけどお父さんは、事故の加害者になってしまった。

そういった人を攻撃する人も、世の中にはいる。

お父さんのことがネットで悪し様に書かれ、私の存在や写真が攻撃材料になる。

それだけじゃない。私の連絡先を知る誰かが、その娘は私だと気付いたんだろう。

悪戯か、それとも明確な悪意か、私のメールアドレスがネットに流出した。

水瀬さんが亡くなったのを知って以降、私はしばらく学校を休んでいた。

ネットで起きていた騒動のことも知らなかった。

そんな私にある日、メールが次々と送られてきた。疑問に思い、不用意にそのメールの一つを開いてしまう。

思い出したくもないが、殺人者の娘だと私を罵る内容だった。

「え……なにこれ。どういうこと?」

まさかと思ってネットで調べた結果、お父さんに関連した騒動のことを知る。

混乱している間にも、捨てアドなのか、色んなアドレスからメールが送られてきた。

恐くて息が詰まりそうで、母親に助けを求める。ひとまず使用していたアドレスを削除することにして、用心のために電話番号を変更する手続きも取った。

メッセージアプリのアカウントは無事で住所や学校名もネットには書かれていない。

けれど、友人からメッセージが送られてくるたびに怯えてしまった。

《父親が人を殺して、どんな気分？》

不用意に開いてしまった誹謗中傷の文面が脳裏によみがえり、息が荒くなる。

スマホの存在が急に怖くなり、母親と相談して、スマホと距離を置くことにした。

精神衛生上、それが良かった。

実害というと大げさに聞こえるが、私に及んだ実害はそれだけじゃなかった。

生きている限りお腹がすく。家族に気遣われながら食事をしようとした時のことだ。

箸を手にしたものの、手が動かなくなった。

騒動に巻き込まれた私を元気づけようとしてか、食卓には私の大好物ばかりあった。

しかし……何かを味わう資格が自分にあるのだろうか？

水瀬さんはもう、どんなに美味しいものも食べることができない。それなのに自分が美味しい美味しいと、何かを食べることが許されるのか？

《父親が人を殺して、どんな気分？》

殺人者の娘である、私が？

ほとんど味は感じなかったが、なんとか家族の前でなら食事はできた。

ただ、精神も少し落ち着いて再び学校に通い始めた日のことだ。

学校が久しぶりだから、緊張していたのかもしれない。誰に何を言われるか分からなくて、精神が張り詰めていたことが原因かもしれない。

クラスメイトの前で食事をとることが、できなかった。

耳鳴りがやまない。そんなわけないのに、皆に見られていると感じてしまう。

殺人者の娘が、何をのうのうとご飯を食べているのか。生きる気満々じゃん。

そんなこと、言われていないのに、皆の視線が気になって手が震える。

それでも頑張って食べようとして……吐いてしまった。

会食恐怖症。その一種ではないかとお医者さんに診断された。何かしらの精神的な理由で、人前での食事で過剰に緊張したり、苦痛を覚えてしまう症状らしい。

私はなんだか、生きていることがたまらなく申し訳なくなった。

再び学校を休み始める。

暦はいつしか十二月になっていた。たった一ヶ月で私の人生は一変していた。

日常が、こんなに脆いものだなんて知らなかった。私は勝手に、それは強固なものだと思い込んでいた。けれど、違うんだ。日常は奇跡のような確率で守られている。

新聞を見れば多くの不幸が日々溢れているが、結局は他人事として見過ごしている。

当事者にならないと、日常がこんなに簡単に壊れるものだと気付けない。

私は自分の日常が回復するのを待った。

時間が経てば、多くの物事は忘れられていく。移ろっていく。

義理の父親も尽力してくれた。私の情報がネットから削除されるように動いてくれた。

私は死んだように生きる。ただ生きていることしかできなかった。

だけど人間は、何も考えずには生きられない。思考は常に働いてしまう。部屋に引きこもっていると、病室で眠っていた水瀬さんの姿が思い出された。

彼女が生きたくて仕方なかったであろう日々を、私は生きていた。

水瀬さんが生きたかった明日を、私は無為に食い潰していた。

次第に、引きこもっていることが苦しくなってくる。

引きこもりの期間は短かった。ベッドの中に救いはない。私は今日という日を、生きている責任を果たして、生きなくてはならない。

両親は私のことをずっと心配していた。部屋を出て、心配かけたことを謝る。

担任に相談し、保健室登校をしながらでも学校に再び通い始めた。

そうしている間にクリスマスが終わり、冬休みとなる。

受験生らしく受験勉強を一生懸命にやった。つまらないことかもしれないが、今、学生の自分がすべきことがそれだった。なら怠ることなく精一杯にやる。

勉強に集中していると、瞬く間に月日は過ぎていった。

二月には私立高校の入試が行われ、志望校に合格する。

事故から約三ヶ月が経っていた。短いようで長く、濃く、苦しい三ヶ月だった。

高校生になると、電車で通学を始める。地元から離れた他県の私立高校を選んでいて、中学の同級生はほとんどいない。私は努めて明るく振る舞った。

それでもスマホは怖くて、家族に禁止されていると嘘をつき続けた。

お昼のお弁当も、特殊な病気で、事前に状態を検査してからじゃないと食べられないとクラスメイトに伝え、保健室で一人で食べた。学校側には事情を話していた。

春が過ぎ、夏になる。秋が訪れ、交通事故の日から一年が経過した。

いつしか私は、自分の生活を取り戻していた。会食恐怖症は治らないが、普通に生きられるようになっていた。

そうやって自分の生活を取り戻すと、他人のことを考える余裕が生まれてくる。

現金なものだと思う。自分に手一杯な時期は、そんな余裕もなかったのに。

ふと、水瀬さんの病室から出てきた男の子のことが気になった。

もし水瀬さんの恋人だったとして、彼も自分の生活を取り戻しているだろうか。

水瀬さんの死を乗り越えただろうか。それとも……。

《父親が人を殺して、どんな気分？》

知らず、以前の誹謗中傷の文面が脳裏を過る。

あれ以降も時々、こういうことがあった。思わず身を縮めそうになる。

私は病室から出てきた男の子のことが心配で、現状を知りたいと思っていた。

しかし場合によっては、藪蛇（やぶへび）を突（つつ）くことになるかもしれない。

考えすぎかもしれないが、彼の現状を知ろうとする過程であの時と同じか、それ以上の恐怖を味わうこともあるかもしれない。実際に彼から、何か言われることも……。

今、私は自分の足元に見えない境界線が走っていることに気付いた。

私はもう自分の生活を取り戻している。

それを脅かす危険を冒してまで、あの男の子のことが知りたいだろうか。

いや……その考え方は間違っている。

知りたいか知りたくないか、ではなく、知るべきだと思った。

お医者さんや家族には「そんなことはない」と何度も言われたが、やっぱりあの事故は、私がお父さんと会い続けていなければ、起きなかったのだから……。

私はあの男の子の名前すら知らなかったが、制服からして水瀬さんと同じ中学のはずだった。

彼の現状を知ろうとして、学校の友人伝いに出身中学が同じ同級生を見つける。

その女の子と顔見知りになり、クラスは違ったが少しずつ話すようになった。

そしてある日の放課後、二人きりの時に思い切って尋ねてみた。

「あのさ、ちょっと気になってたんだけど……。水瀬さんって人のこと、知ってる？

確か同じ中学だったと思うんだけど」

目の前の女の子はどちらかといえば控えめで、大人しくて、優しい性格をしていた。

水瀬さんが誰かすぐに分かったみたいで、心を痛めているような表情を見せた。

「あ、うん……。知ってるよ。隣のクラスだったから。でも、どうして？」

本当なら、病室から出てきた男の子のことを直接聞きたかった。しかし情報も手掛かりもないため、水瀬さんのことから話を広げようと考えた。

平静を装っていたものの、私はかなり緊張していた。

もうほとんど削除されているが、交通事故の加害者の娘が「帆花」という名前であることはネットに一度書かれてしまっている。

万が一にも私が加害者の娘だと気付かれないよう、自然な調子で話す。

「ごめんね、変なこと聞いて。実は昔、一緒に遊んだことがあってさ。友達の友達、みたいな感じだったんだけど……。その子が、あんな事故に巻き込まれちゃって」

「お前の父親が殺したんだろ」

一瞬、息がとまりそうになった。

世界から音が消え、心臓の鼓動だけが私を支配していた。

……でも、違う。幻聴だ。彼女はそんなこと言っていない。

うつむいて表情を見せず、じっと黙り込んでいた。

沈黙が恐ろしかった。これまで彼女は普通に私と接してくれていたが、実は全てを知っていたんじゃないか。見抜かれていたんじゃないか……。

《父親が人を殺して、どんな気分？》

やめて、消えて。私の意識から、いなくなって。私は、私は……。

「そっか……。なら、すごくショックだったよね」

だけど、それは私の思い込みだった。彼女は単に心を痛めているだけだった。

落ち着こうとして息を吐く。それが不自然にならないよう気を付ける。

誹謗中傷の文面がよみがえって背中に汗をかいていたが、なんとか言葉を返した。

「う、うん。それで……水瀬さんって、恋人いたよね？　少しだけ、話を聞いてて……。

パッと見、普通っぽいっていうか。優しそうっていうか」

「あぁ、樋口くんのことかな」

「樋口くん？」

「そう。樋口悠くん。水瀬さんとは、小学生の頃から仲良しだったらしいよ」

彼女はどこか悲しそうに笑うと、過去を回想するように話を続けた。

「水瀬さん、昔はちょっとヤンチャなところがあったんだ。警察沙汰があって、それで学校に来られなくなったりして……。でも、樋口くんと付き合い始めてから真面目になって、印象変わったねって、皆で話してて」

「そう、だったんだ。それで樋口くん？　は、大丈夫なのかな。元気にしてる？」

「今は分からないけど、当時はすごく落ち込んでた。だけど樋口くんなりに、乗り越えたのかもしれない。事故の直後は学校を休んでたけど、ある時から学校にも通えるようになって……。ちゃんと勉強して、今は進学校に通ってるって話だよ。偉いよね」

その樋口くんが通うという高校の名前も教えてもらった。

写真がないか尋ねると、少し不思議そうにしていたが、帰宅してから中学の卒業アルバムの写真をメールで送ってくれる約束になった。

家に帰り、夕方頃にパソコンでメールを確認する。

間違いなかった。そこに映っているのは病室の前で見た彼だった。

4

翌日の放課後から、私は樋口くんの様子を見に行くことにした。

近隣ではないので毎日のように校門近くで下校を待つことはできないが、彼の通う学校は週に何度か七時間授業の日があった。その曜日を調べて、校門近くで様子を窺う。

目立たないように注意しながら、出てくる人を観察し続けた。
そうして樋口くんを探し始めて一週間後、ついに彼を見つける。
印刷した写真で何度も確認したので間違いないはずだが、別人かと疑ってしまうほど
に樋口くんは暗かった。うつむきがちに一人で歩いていた。
……樋口くんは本当に、水瀬さんの死を乗り越えたんだろうか。
とてもそうとは思えず、彼のあとを追う。周りに人が少なくなったところで、思い切
って声をかけようとした。しかし、肝心の言葉が出てこない。
以前も病院であったことだ。いざ目の前にすると、なんと声をかければいいか分から
ない。まさか、あの事故の加害者の娘だなんて自己紹介もできない。
「あ、あの」
呼びとめようとした声は小さく、彼に届くことはなかった。
その直後のことだった。不思議な現象が起きたのは。
私は確かに、この目で見てしまった。耳で聞いてしまった。
「水瀬……」
人通りの絶えた路上で樋口くんが立ち止まり、視線を横に向けて何かを呟いた。
聞き間違いかと思ったが、そうじゃない。樋口くんは水瀬さんの名前を呼んでいた。
「大丈夫だよ。そんなに気遣ってくれなくても……。別に、水瀬が気にするようなこと

じゃないから。もういいだろ、その話は」

何が起きているのか分からずに混乱してしまう。彼の隣にはあたかも、彼にだけに見える誰かがいるかのようだった。

いや、それは誰かじゃない。相手のことを水瀬と呼んでいた。

それからも樋口くんは何かを話していたが、二人？　の間で話は終わったらしく、再び一人で歩き始める。私は呆然と、その後ろ姿を見送った。

自分のこと以上に、悲しくなってしまう。周りには見せないようにしているのかもしれないけど、樋口くんは全然、大丈夫じゃなかった。

それ以降、私は彼のことばかりを考えるようになった。

症状についても調べる。事故などのトラウマで幻覚が生じる事例があったり、イマジナリーフレンドと呼ばれる、その人にしか見えない友達が存在することも知った。

……私は、どうすべきなんだろう。

日常の様々な場面で、そんなことを考え始めた。

自分に何かができるなんて、驕(おご)った考えを持つのは間違いかもしれない。

だけど樋口くんには友達がいるようには見えず、彼の状態を知っているのは私だけかもしれない。何よりも私は、彼をそんな状態にしてしまった事故の加害者の娘で……。

たまらなく、申し訳ない気持ちになった。

私は樋口くんに、なんとか元気になってもらいたかった。もう水瀬さんは戻らないけど、本当に悲しくてやりきれないけど、また前を向いて、生きてもらいたい。

何か、何かないだろうか。私が彼にできることが……。

考えている最中、私はあることに気付いた。社会的に見るなら、私たちは加害者の娘と、被害者の恋人だ。そんな私たちの間に接点はなかったが、共通点ならあった。

私と樋口くんは高校一年生で、同学年だ。

やろうと思えば、彼のクラスメイトになることだって不可能ではないはずだ。

自分が随分と、思い切ったことを計画しようとしている自覚はあった。

私は樋口くんのクラスメイトや友達になって、彼を支えられないかと考えていた。

自己満足。罪意識からくる代償行為。偽善。

私の行動はあるいは、世間の人からそんなふうに糾弾されるかもしれない。

それでも構わなかった。こんな私でも、何かできることがあるのなら。被害者の恋人の力になれることがあるのなら。迷わず実行すべきだから。

私は思い立った日から、樋口くんが通う高校への転入方法を調べ始めた。

しかし残念なことに、欠員募集をしていない学校には、そもそも転入できなかった。

募集状況の発表は毎年三月と九月に行われるらしく、三月までの間、私は転入試験の勉強をしながら待つことにした。待つことや耐えることには慣れていた。

だけど春を迎えていざ蓋を開けてみると、三月に欠員募集は行われなかった。

その頃には両親に「可能性を広げるために、公立の進学校に行きたい」と相談して了解を得ていた。学校にも一緒に話を聞きに行ったが、欠員がない限りどうしようもないというのが学校側の返答だった。

また半年か一年、欠員が生まれるのを待たなくてはならない。

樋口くんの状態を思うと胸が痛んだ。学校外で無理に接点を持とうかと焦りもした。

それが五月に入ると、思わぬ連絡がくる。急なことだが欠員の予定が生じたという。引きこもり気味の女の子が二年生の新しいクラスに馴染めず、通信制の高校に転校を決めたという話だった。五月中には手続きを終え、正式に学校を去ると聞かされる。

すぐに転入試験を受けて無事に合格した。私の方の手続きも五月中には終わり、週の半ばではあったが、翌月から登校できる運びになった。

新しい学校の担任から、事前にクラスの座席表と名簿も見せてもらった。

その時ほどに驚いたことはない。同じクラスに樋口くんがいた。転校していった女の子はたまたま彼の隣の席で、私の席はそこに割り当てられることになっていた。

転校初日は、かなり緊張した。転校というイベントに緊張しているのではなく、ついに樋口くんと、クラスメイトとして話すことになるからだ。

加害者の娘と被害者の恋人、といった関係ではなく、単なるクラスメイトとして。

けれど、隣の席に彼の姿はなかった。どうやら学校を休みがちのようだった。

珍しい時期の転校ということもあり、休み時間には大勢のクラスメイトに囲まれる。

質問に答えつつも、私の意識は樋口くんに向いていた。会話の合間に尋ねてみる。

「そういえば、隣の席の人って今日は休みなんだよね。どういう人なの？」

すると皆は、きょとんとした様子で顔を見合わせた。

次の瞬間、話に上がった樋口くんのことを、どこか小馬鹿にするように笑った。

「あー、あいつね。隣の席とはいえ、有馬さんは関わらない方がいいと思うよ」

「樋口ってやつなんだけど、一年の頃から一部では有名でさ」

「そうそう。なんか、独り言をブツブツと呟いてるらしいんだよね」

「それ、私も聞いたことある。空気に向けて喋ってるんだよね。やっぱ！」

「かなりキモイよね。犯罪者予備軍っていうか」

私はその時まで、愛想良くしようと決めていた。転校した目的は樋口くんの友達になることだけど、そのためにはクラスに溶け込むことも重要だと考えていたからだ。

でも……クラスのことなんて、まったく重要じゃないと思ってしまった。

悪口を楽しそうに話している人たちだって、友達になれば良いところがあるんだろう。

だから単に私が未熟で、考えなしで、こらえ性がなかっただけだ。

はっきり言って、許せなかった。樋口くんのことを悪く言う人たちが。

確かに樋口くんにも悪い面がある。殻に閉じこもってコミュニケーションをせず、周囲の人に自分を分かってもらう努力をしてこなかったんだろう。

しかしそれには、どうしようもない理由があった。

悪口を楽しそうに続けて笑うクラスメイトたちを、私は見つめる。

樋口くんはね、必死に生きてるだけなんだよ。誰だってそう。私のお父さんだってそうだった。皆、折り合いのつかない人生だって、必死に生きてる。

それなのにどうして、必死に生きてる人たちを笑うことができるの？

笑わないでよ。私に、私にすればさ……。

「いや、私やアナタたちの方が、はるかに気持ち悪いから」

そう口にした瞬間、教室の空気が一度に固まる。

周囲の人たちは驚いていた。何を言われたのかすぐに理解できていない様子だった。

私は席から立ち上がると、周りを見渡したあとに言う。

「ごめん。質問に答えてもらったところで悪いんだけど、私のことはもう放っておいてくれない？　無視して」

「え……。は？」

先ほどまで笑っていたクラスメイトたちは、明らかに混乱していた。彼らからすれば、転校生と楽しくお喋りをしていただけなのかもしれない。

申し訳ないな、と思いつつも、彼らと仲良くする気は一切なかった。

彼らの仲間になんか、なりたくない。楽しく悪口を言う人間になりたくない。

「人のことを嗤う人たち、私、大嫌いなの。連絡先も交換しないし、ご飯も一緒に食べないから、誘うのはやめて。……私さ、会食恐怖症なんだよね。一緒に食べると、げぇげぇ吐いちゃうよ。お互いのためにも、私のことは放っておくのが一番でしょ？」

会食恐怖症について同級生に話すのは、その時が初めてだった。

急にすっきりした。この学校ではどうごまかそうと考えていた自分が馬鹿みたいだ。

そのことが可笑しくて笑ってしまう。

ただ、その笑顔は不気味に思われたようで、「え、いや、有馬さん？」などと言って周囲の人たちは引き笑いをしていた。

そんな中、彼らと悪口で盛り上がっていた派手な女生徒の一人が、前に出てくる。

「あのさ、なんでいきなりキレてんの？　せっかく構ってやったのに」

「お気遣いありがとう。でも、せっかく構わなくていいから。とにかく放っておいて」

「……キモ。ちょっとチヤホヤされたからって、調子に乗ってる？」

「乗ってないよ？　ここ、進学校でしょ？　なのに理解できてないの？　単純にさ、人の悪口言って、それで気持ち良くなってる連中が嫌いなの」

「性格悪いね」

「どっちが？」

彼女に迫られても別に怖いとは思わなかった。至近距離で見つめ合っていると、やがてチャイムが鳴り響く。男の子たちは困惑していたが、目の前の彼女は鼻で笑った。

「じゃあ、お望み通りにそうさせてもらう。転校初日で完全に終わったね、あんた」

あとのことは早かった。極端に切り替わる。

授業中にクラスのグループメッセージで何か書かれたのか完全なる無視が始まった。もう一切、クラスメイトは私に関わろうとしなかった。教室で空気のように扱われる。様々な悪口が言われているだろうとは察したが私個人への悪口はどうでもよかった。そもそも私は、クラスメイトと友達になるために転校してきたわけじゃない。

無視されていることは、担任もすぐに気付いたみたいだ。放課後に職員室で話すことになったが、自分が望んだことなので問題ないと説明する。

転校してきた翌日は金曜日だった。樋口くんは教室にいない。

転校初日には、ほかのクラスから私を見に来ていた人たちもいたが、例の彼女が何かしたのか、そういった人たちも現れなくなる。

樋口くんは来週、学校に来るだろうか。私は一人、教室で彼が現れるのを待った。

翌週になると、ついに樋口くんが姿を見せる。

見知らぬ女生徒が隣の席にいることに、戸惑っている様子だった。

私は自分から彼に声をかけて、笑顔を見せる。
ようやくここから、色んなことが始められると思った。私は、私は……。

「せっかくだから、私とお友達になってくれない？」

自分にできるせめてものこととして、樋口くんに笑ってほしかった。

樋口 悠 Ⅳ

「私の父親が起こした交通事故で、水瀬さんは十日後に、亡くなっていたんだから」


有馬が言っていることの意味を、僕はまるで理解できなかった。

水瀬は遷延性意識障害ではない。水瀬は事故の十日後に死亡している。

それから有馬は墓石の前で、自分のことを苦しそうに話した。

交通事故の加害者の娘だったこと。僕の衰弱した姿を病院で見かけていたこと。

転校してきたのも、僕の現状を知って心配に思ったからで……。

有馬の行動原理は理解できた。自責の念もあり、彼女は僕に優しくしてくれた。懇意になって話を聞いてくれた。ただ……。

「だからね……水瀬さんはもう、いないの。それを樋口くんも、知っていたはずなの」

その言葉だけは、信じることができなかった。何一つ理解できない。

水瀬は転院先で亡くなったのかと、一度は訝しみもした。でも、そんなことはやはり信じられない。水瀬は意識が戻らないだけだ。水瀬は今も、どこかで生きている。

勝手に、殺さないでくれ！

そう考えながらも次の瞬間、見たはずのない光景がノイズのように脳裏を走った。

僕は一人で屋外に立っていた。空に昇る煙をじっと見つめていた。

途端に寒気に襲われる。体がぶるりと震えた。

……僕はいったい、今、何を思い出そうとした？

そんな光景、僕の記憶にはない。あるはずがない。あってはいけない。

しかしそれを皮きりにして、奇妙な光景が次々と脳裏に差し込まれた。

地下の暗い部屋に赴いたこと。誰かの顔に白い布がかけられていたこと。通夜。葬儀。

涙を流す同級生たち。花で周囲を飾られた額縁の中に、誰かの写真があった。

それは、僕がよく知っている人だった。僕の大好きな女性。

水瀬、凜。

写真の彼女は優しく微笑んでいた。見覚えがある写真だ。僕がスマホで撮ったものだ。

葬儀の写真が必要で、水瀬の義理の両親が担任に頼み、僕のもとに来た。

卒業アルバムの個人写真は、三年生に上がった頃に撮って、いい写真じゃなくて……。

記憶が錯綜（さくそう）している。なぜか僕は、泣いて拒んでいた。大きな声で泣いていた。

なんだ、これは。今、僕は何を思い出したんだ。何を、知っていたんだ。

――本当の僕は、水瀬が死んだことを、知っていたのか？

笑ってしまう。笑うことしかできない。

視界がボヤけ……。なんでだ、なんで僕は泣いているんだ。

水瀬と一緒にいられて幸せだったからか。それが戻らないと、知っているからか。

煙になった水瀬が、火葬場の外で、世界と一つになる光景を見てしまったからか。

「ぼ、僕は……」

分からない。何も分からない。記憶がおかしい。混濁している。何が真実なんだ。

有馬のこと。水瀬のこと。これまでのこと。自分の記憶。

「違う。有馬、君の話の方が嘘だ！　間違いだ！」

僕は頬を濡らしながらも否定した。何かを理解しつつも、力いっぱい否定する。

そうしなければ自分を保てなかった。

僕の発言を受けて、有馬は苦しそうな表情を見せる。

否応なく、僕の方が間違っていると理解させられそうな表情だった。

「やめろよ、そういう顔するの。そうやって、僕を騙そうとしてるんだろ？」

「樋口くん……」

「誰に、何を言われたんだ？　どうして、水瀬が死んでるなんて嘘をついた？」

「樋口くん。私は……」

「あぁ、そうか。君は本当は、イマジナリーフレンドなんだ。僕が水瀬を探さないように、死んだと思い込ませて……。それで、諦めさせようとしてるんだ。そうだろ？」

するとの前で動くものがあった。有馬が僕の手首を取った。

そこには確かな人間の体温があった。有馬と僕は間違いなく触れ合っていた。

「私はここにいる。幻なんかじゃない」

「じゃあ……あれだ。水瀬が見つからなかったから、死んだことにしたんだ。なぁ、そうだろ？　そうに決まってる」

僕は半笑いの表情を作る。自分でも、なぜそんな表情を作っているのか分からない。

僕にとって必死の抵抗だったのかもしれない。それを有馬が崩そうとしてくる。

「樋口くん。樋口くんも本当は、分かってるんでしょ？」

「何が」

「水瀬さんは……。もう、亡くなって――」

「言わないでくれ！」

僕は摑まれていた手を振りほどいた。

口は叫び、体は震えていた。今までの人生で、こんなに必死になったことはない。

「それ以上、言わないでくれ！」

叫んでも拒んでも有馬は僕を諦めない。

「樋口くんは以前、言ったよね。イマジナリーフレンドは、意味をもって生まれてくる存在だって」

「知らない。覚えてない」

「樋口くんには、水瀬さんの姿をしたイマジナリーフレンドが見えてたんでしょ？　なら彼女は、どんな役割を持って生まれてきたの？」

「それは……僕が、どこかの病院で眠る水瀬のことから逃げないように」

「本当にそう？」

「ち、違うって、言うのか」

「樋口くんはこれまで、会話を重ねてきたんでしょ？　彼女はなんて言ってたの？」

思わず目を見開いてしまう。有馬の言葉が意識に作用する。

その作用をとめることができない。

『でも君は、何か意味があって僕の前に現れてるんだろ？』

僕が尋ねた時、彼女はなんて答えた。

『樋口はどう思う？』

『樋口が逃げてるのは、私からだけなの？』

『樋口に必要なのは、現実を見ることだよ』

現実を、見ること。

水瀬が目覚めないかもしれないという、現実を？

それとも……。水瀬がもう、この世界にはいないという現実を？

「そ、そんな。そんなことって……」

答えはそこにあったのかもしれない。僕の無意識は知っていたのかもしれない。

水瀬がもう、この世界にいないことを。

現実に打たれ、僕は膝から崩れ落ちそうになる。

僕が信じたかった世界は輪郭を失い、薄れ、ただの嘘に成り果てた。

僕は何かを言いたかったが、自分の中に言葉は一つもなかった。

「樋口くん……。ごめん、辛い思いをさせて」

そんな僕に、有馬が気遣って声をかけてくる。反応して顔を上げた。

「本当に、ごめんなさい。でも私は、もう一度、樋口くんに生きてもらいたくて」

「生きる……。水瀬がいない、正しい世界を？」

「え？」

自分でも情けないと分かる表情で、僕は笑う。

いくら正しいとはいえ、そんな希望のない現実を、果たして僕は生きたいだろうか。

「僕は……嫌だよ」

乾いた笑いがこみ上げてくる。

「そんな世界とは仲良くできない。間違ってる！」

悲痛な面持ちを見せる有馬に、背中を向けた。滑稽だと思いながらも、走り去る。

一刻でも早く、現実から逃げ出したかった。一分だって、一秒だっていたくない。

有馬が懸命に呼び止めようとする声が聞こえるも、それを振り切った。

その声みたいにこの現実だって、振り切ってみせると思った。

走って、走って、走って……。

だけど、ダメだった。どれだけ走っても、逃げても、現実はどこまでも追ってくる。

太陽と月だって、現実の味方だ。

それでも僕は走った。そうしていると様々な記憶がよみがえってくる。

小学生の頃、水瀬と初めて出会った日のこと。

はぐれ者同士、寄り添うようにして過ごした日々のこと。

運動会の翌日、一緒に遊園地に行った。水瀬が声を上げて嬉しそうに笑っていた。

水瀬の姿ばかり浮かんでくる。水瀬の嬉しそうな顔ばかり、浮かんでくる。

僕は水瀬が大切だった。大好きだった。ずっと笑っていてほしかった。

二人の幸せは、いつまでも続くと思っていた。

けれど……。今ならはっきりと思い出すことができる。あの日、担任から朝に連絡があった。水瀬の容体が昨夜に急変し、亡くなったと知らされた。

担任が迎えに来て、一緒に病院に行った。霊安室で、冷たくなった水瀬と対面した。

水瀬の顔には、何かの冗談みたいに白い布がかけられていた。

通夜も葬儀も全てが嘘くさかった。下手な演技を見ているようで現実感がない。

僕には一切が信じられなかった。いや、信じてはいけなかった。

水瀬が火葬場で煙になっても、その現実を僕は認められなかった。

火葬の途中で雨が降る。大人たちに気遣われながらも、僕は外に一人で立ち続けた。

水瀬の死を嘘にしたかった。理由があって、水瀬と離れ離れになったと思いたかった。

水瀬は今もどこかにいると、信じたかった。

次に目覚めた時、僕は自宅のベッドにいた。

風邪で倒れて随分と寝込んでいたようで、日付の感覚が曖昧になっていた。

ただ、嫌な夢を見たことだけは覚えていた。

縁起でもない夢だ。水瀬が亡くなったと連絡を受け、通夜や葬儀に参加させられた。

夢でよかったと、泣きそうなほどに安堵(あんど)した。

それでも水瀬のことが心配で、急いでお見舞いに行く準備をする。玄関で母親が心配そうに行先(いきさき)を聞いてきたけど、構ってられない。鬱陶しい。

「うるさい！　僕のことは放っておいてくれ！」

水瀬が眠る病院に無我夢中で向かった。

しかし、夢というのは何かしらの予兆をはらんでいるようだった。

受付で申請もせず、水瀬がいるはずの病室を訪れると部屋の中はがらんとしていた。

水瀬が……いない。

突っ立っていると、廊下を歩く看護師が僕を見つけた。面会証を着けていないのに、病棟にいることを注意される。

思わず僕は、この部屋にいたはずの人のことを尋ねた。

険しい顔で、そういったことは教えられないと撥ねつけられる。病棟に入る時は必ず申請をして、面会証を着けてくださいと言われた。

部屋から追い出されるとともに、僕は水瀬がいない世界に放り出された。

この世界にはなぜか、水瀬がいなかった。

熱で朦朧とした頭で、僕はその理由を考える。

一つの結論が出た。間違いなかった。水瀬の義理の両親は、水瀬を自宅に引き取ることを拒んだんだ。それで水瀬は、別の病院に転院させられてしまった。

だって水瀬は……遷延性意識障害なんだから。

そうやって僕は、自分を騙して生きた。いや、騙しているという認識すらなかった。

勝手にそうしていた。そうじゃないと、生きられなかったのかもしれない。

その世界では水瀬が生きていた。遷延性意識障害となり、どこかで生き続けていた。

その嘘の世界が今、音もなく壊れた。崩れちゃいけなかった現実が、崩れた。

どこをどう走ったのか、記憶にない。

人目から逃れるように走っていた僕は、気付くとさびれた公園にたどり着いていた。

息が荒い。今になって汗がふき出してくる。

疎ましくなり、手の甲で汗を拭う。疎ましいのは、汗の感触そのものではない。

汗は生きている証拠だから。生きてしまっている、証拠だから。

水瀬がいないのに、僕は悲しいくらいにどうしようもなく、生きていた。

「樋口」

息を落ち着けていると、誰かが僕の名前を呼ぶ。それは多分、ほかの人には聞こえるはずのない声だった。

振り返ると、視線の先に水瀬がいた。

その姿に胸が締め付けられる。真実を知ったせいだろうか。同じ時を刻んでいる水瀬はもういないと、意識の僕が知ってしまったからか。

水瀬は僕がよく知る、中学時代の姿で現れていた。懐かしい制服を着ていた。

「樋口が心配で……つい来ちゃったよ」

気遣うように水瀬が微笑み、僕の内側で沈黙が広がる。

僕の無意識はなぜ、イマジナリーフレンドをこの場に生み出したんだろう。

彼女の口から水瀬の死を伝えることで、この現実を認めさせるためだろうか。

僕に向けて歩んでくる水瀬を無言で見つめた。

いや……。イマジナリーフレンドの水瀬は、僕にお別れを言いに来たんだ。

また僕は失うのか。こうやって失い続けるのか。

「どうして……どうして君は、死んでしまったんだ」

その時になって初めて、僕は言葉にして水瀬の死を認めた。

そんな顔をさせるつもりはなかったのに、悲しそうな表情を水瀬が見せる。

水瀬だって、死にたくて死んだわけじゃない。

そんなこと分かっていたのに、溢れてとまらなかった。

「僕は……僕は君と、生きていたかった。些細なことをもっと一緒にしたかった。楽しいことや、くだらないことで笑って、色んな場所に二人で行って。それで……。君が幼い頃に手に入れられなかったものだって、二人で取り戻したかった。君に全部をあげたかった。君に全部を……返してあげたかった」

水瀬には、心が安らげる家族という場所がなかった。そこからくる悲しみを背負って生きていた。

なら僕は、普通に生きる普通な人間として、水瀬に普通なものを与えたかった。呆れるくらいに普通で、あり触れていて、それでも価値があるものを。あり触れているからといって、価値がないなんてことはないんだ。皆がそれを求めた結果、あり触れているように見えてしまっているだけなんだ。

「そうやって君の過去だって、違う意味に変えてみせるつもりだった。二人ならきっと、それができたんだ。時々、喧嘩することがあっても、すれ違うことがあっても……」

「樋口……」

「恋愛感情だって、ずっとは続かないかもしれない。だけどそれは、別の形になるんだ。温かくて、穏やかで、安心していられるものに。それが僕らを支えてくれる。それで、ずっと一緒にいられる。そうなりたかった。なるつもりだった。なのに……」

彼女が生きていた頃、僕はそんな想いを伝えられなかった。

水瀬はしばらくうつむいていたが、顔を上げると再び微笑んだ。

「嬉しい。樋口もそんなふうに考えていてくれたなんて、知らなかった」

可愛い顔を、見せないでほしかった。

「そんな二人になれたら、どれだけよかっただろうね。私は多分、樋口と家族を作りたかったの。新しいものを二人で創り出していきたかった」

健気(けなげ)なことを、言わないでほしかった。

だって、だって……。

どれも本当の、水瀬の言葉ではないのだから。

イマジナリーフレンドは結局、僕の無意識が作り出しているものだ。

水瀬の姿をしていても、それは水瀬の言葉ではない。

自分で自分を慰めているのと変わりない。悔しくて惨めで、涙が溢れてきた。

すると水瀬が、心配そうに声をかけてくる。

「どうしたの、樋口？」

「……ごめん。もう、やめてくれ」

「え？」

「君のそんな言葉ですら、結局は、僕が作り出しているものなんだ。君の本当の言葉じゃない。僕が勝手に喋らせている。だって君は……僕のイマジナリーフレンドだから」

驚いた顔を見せる水瀬に対して、僕はつっかえながらでも自分の想いを話した。

イマジナリーフレンドとして現れてくれて、嬉しかったこと、苦しかったこと。

どうして水瀬の姿をして現れたのか、ずっと考えていたこと。

「それが、水瀬の死と向き合わせるためだなんて、思わなかった。そんな現実なら、僕は向き合いたくなかった。君が、どこかで眠り続けているかもしれないという偽りの世界で……ずっと生きていたかった」

彼女は黙って僕の弱音を聞く。なぜなら、そういう存在だから。

僕が再び前を向けるように、自分の問題を解決できるようにと生まれた存在で……。

「樋口、みっともないから涙拭きなよ」

その存在が、少しだけ辛辣な言葉をかけてきたことに僕は驚いた。

思わず視線を移すと、水瀬は眉を下げて、申し訳なさそうな表情をしていた。

「でも樋口はそうやって……苦しんでたんだね。これまで、ずっと」

僕は何も言えなかった。苦しんでいたからといって、逃げていいわけじゃない。

そんな僕に水瀬は続ける。

「樋口、聞いて……。私はもう、この世界にはいない。だけどこれだけは信じてほしい。私の言葉は私のものだから。樋口の良いところをいっぱい知ってる、私だけの言葉」

彼女が何を言おうとしているのか、僕にはうまく理解できなかった。

言われたように涙を拭いながら、不可解な思いで彼女を見つめる。

なんだ、どういうことなんだ。彼女は僕に、何を伝えようとしているんだ。

問いかけるように見つめていると、彼女が頰を緩める。

鼻で笑うのではなく、穏やかで柔らかな笑い方だった。本物の水瀬にそっくりだ。

いつからか水瀬はそんなふうに、優しい笑い方をするようになっていた。

柔らかい表情のままに、彼女が周囲を見回す。

「公園か……。懐かしいよね。覚えてる？　ここじゃないけど昔、二人で公園に埋めたものがあったよね」

「それって」

水瀬が言ったのは、小学六年生の時に埋めたタイムカプセルのことだろう。

卒業前に、クラスでタイムカプセルを埋めようという話になったが、学校側から許可が下りなくて、立ち消えになった。

そこで僕と水瀬は、二人だけでタイムカプセルを公園に埋めることにした。

今でも思い出せる。クールな水瀬にしては珍しく、ワクワクした様子だった。

なぜイマジナリーフレンドの水瀬は今、その話を持ち出したのだろう。

「私の言葉が、私だけのものだって証拠にさ。恥ずかしいけどあれ、取り出してみてよ。中に私の手紙が入ってるから。それは樋口だって知らない内容のはずだよ」

その言葉を残して彼女が消える。途方に暮れそうになりつつも、僕は再び涙を拭いた。

分からないことは多い。今日の彼女はいつもと少し様子が違った。

けれど、イマジナリーフレンドは僕に必要なことを教えてくれる存在だ。

バスと電車を使い、地元に戻る。自宅近くの小さな公園に向かった。

閑散としている場所で、日曜日でも人の姿はない。カプセルを埋めた場所を探す。

埋めた場所を忘れないようにと、周辺を撮った写真がスマホに確か入っていた。確認すべくスマホを取り出すと、画面には何件もの着信履歴が表示されていた。全て有馬からのものだ。病院用にと、マナーモードにしていたから気付けなかった。見つめていると、無音で着信が入る。

「……はい」

「あ、樋口くん⁉　あぁ、繋がって本当によかった。無事だったんだね。今、どこにいるの？」

「公園、だけど」

「公園って、どこの公園？」

「家の近所で……」

そこまで口にしたが、今は一人になりたかった。

ごめん、と言って通話を終了させる。

スマホで昔の写真のデータを探すと、ちゃんと引き継いで残っていた。

写真を参考に、埋めた場所に見当をつける。近くの砂場に子ども用の古びたシャベルが転がっていて、それを使って土を掘った。

思えば昔もこうやって、僕が一人で土を掘っていた。

イマジナリーフレンドの水瀬はいったい、僕に何を知らせようとしているのだろう。

記憶を掘り返すように手を動かしていると、次第に夕陽が辺りを照らし始める。

そこまで深く掘っていないはずだ。場所さえ正しければ、おそらく……。

「あった」

なんとか暗くなる前に見つけることができた。遊園地のロゴが入ったクッキー缶をタイムカプセルに使っていて、それを土の中から取り出す。

小学五年生の時、水瀬と遊園地に行った際に僕がお土産で購入したものだ。

手を洗ってベンチに腰かけ、少し苦労して蓋を開ける。

二通の手紙が、濡れないように透明な袋に入れてあった。

片方を手に取って開くと、小学生の僕が書いた文面が現れる。何を書いたか記憶になかったが、「二十歳になった自分へ」と冒頭に綴られていた。

《二十歳になった自分はどうしていますか？》

そんなことが質問されている。

自分の現状や両親の安否を尋ねたあと、水瀬についても触れていた。

《水瀬とは仲良くしていますか？　ケンカしてもちゃんと謝ってください。水瀬がいれば、僕は大丈夫だから。水瀬とずっと一緒にいてください。もし今、何か理由があって水瀬がとなりにいないなら、謝りに行ってください。水瀬はさみしがり屋でよく怒るけど、優しい女の子です。謝れば許してくれます。それでずっと、水瀬と一緒にいてくだ

さい。忘れないでくださいね。僕にとって大切なのは、水瀬といることなんです》

当時の僕は、水瀬がいなくなるなんて想像もしていなかったんだろう。

たとえ何かの理由でタイムカプセルを一人で掘り返すことになっても、水瀬はどこかにいるはずだと無邪気に信じていた。

涙がこぼれそうになるのをこらえ、気を落ち着けてもう一方の手紙に手を伸ばす。

水瀬の手紙は、二枚に及んでいることが分かった。

手紙を開くと、懐かしい水瀬の字が視界に現れる。僕の手紙とは違い、未来の自分に宛てた挨拶はなかった。その代わりに、何かが箇条書きで列挙されている。

・優柔不断
・でも優しい
・オクビョウもの
・だけど相手のことを考えてくれる
・普通
・だからエラそうにしない

それ以外にも様々なことが書かれ、箇条書きは一ページにわたっていた。
すぐには意図を理解できなかったが、途中から感じることがあった。
『私の言葉は私のものだから。樋口の良いところをいっぱい知ってる、私だけの言葉』
先ほど水瀬が口にした言葉が脳裏を過る。
箇条書きに綴られていたものの答えは、二枚目に書いてあった。

《もし樋口とケンカしたら、樋口の良いところを思い出してください。私は大人になっても素直になれていないだろうけど、それでも樋口の良いところを思い出したら、きちんと仲直りをしてください。樋口のとなりにいることが、私の一番の幸せなんだから。どうか大人になっても、二人が一緒でありますように。ずっと幸せでありますように。
注意：死んでも樋口にはこの手紙を見せないこと》

水瀬の文章と対面し、僕は身動きを忘れた。一心に、その内容に打たれていた。
最後の一文に思わず目を留める。
《死んでも樋口にはこの手紙を見せないこと》
水瀬はこれを冗談で書いたんだろうか。恥ずかしいから、僕に見せないようにと。
それが今、僕は手紙を読んでしまっている。水瀬が死んだ世界で、死んでも水瀬が見せないようにと書いた手紙を、手にしている。

あらゆる悲劇が僕らを襲っていた。ありえないことが起きてしまっていた。

そっと手紙を抱きしめる。水瀬そのもののように。

「樋口……」

そうしていると、泣きたくなるような懐かしい気配を感じた。

視線を向けた先には、水瀬がいた。中学時代の姿をした彼女が。

ベンチから腰を上げ、僕は彼女へと歩み寄る。その頬に触れようとした。

触れることは叶わない。本物の水瀬はもう、この世界のどこにもいないのだから。

「私の言葉が、私だけのものだって言った意味、分かってくれた?」

僕はもう、何も分からなくなっていた。

目の前にいる彼女が、何者なのか。

イマジナリーフレンドなのか、それとも……。

だけど安心させたくて頷くと、彼女は静かに微笑んだ。いや、微笑むだけじゃない。

「樋口、泣かないで」

この世界に一人で残った僕を、彼女は心配していた。

彼女に言われて、僕は無理にでも笑顔を作ってみせる。たとえどんな存在だったとしても、水瀬の姿をした彼女を、悲しませたくなかったから。

僕は大丈夫だから。平気だから。

本当ならそういうことを言いたかったが、涙は次から次へと溢れてしまう。

「樋口、ごめんね。ずっと一緒にいられなくて……ごめん」

「いいんだ。君が気にすることじゃない」

「私はもう、この世界にはいない」

「うん」

「それでも、樋口の人生は続いていくんだよ。誰かと恋愛をして、結婚をして、家庭を作って……。そういう、人の営みに沿って生きていくの」

水瀬が僕に手を伸ばしてきた。

けれど、その手は僕を素通りする。僕には触れられない。

「樋口……幸せになってね」

その言葉を残して再び、彼女は僕の前から姿を消した。

僕こそが、彼女を幸せにしたかった。それで僕も幸せになりたかった。

大人になって、力をつけて、全てを彼女とともに、新しく創り出したかった。

だけどこの世界のどこにも、水瀬はいない。それが正しい世界だった。

そしてそんな世界でも、僕が人の営みに沿って生きていくことを彼女は望んでいた。

僕は彼女がいない世界で大きく息をすると、最後に、泣いた。

水瀬がどうか安らかに眠れますように。
彼女がどうか天国で、本当の両親と再会できていますように。
優しい彼女がどうか、そこで笑っていますように。
そう願って一人、涙を流した。
水瀬の死を認め、初めて、彼女の冥福を心から祈った。

君のいない正しい世界

生きることは傷つくことだと、昔、何かの詩で読んだ。

生きている限り無傷であることはできない。何かしらの傷を負って人は生きる。

僕は多分、傷つくことに抵抗していたんだと思う。

誰だって傷つきたくないし、痛みからは目を背けたい。

それはある種の真理なのかもしれない。

けれど、傷を避けられない場面だってある。僕はそこから逃げていた。

生きるのは、悲しいことだなと思う。傷や喪失を、避けられないのだから。

それでも生きている限り、生きていこうと思った。失って傷つくばかりじゃない。得られるものも、確かにあるのだから。

水瀬が亡くなったとしても、彼女を好きな気持ちまで失う必要はないんだ。

これもまた、当たり前すぎることだった。僕はそれに気付くのに、時間をかけすぎてしまったのかもしれない。

そして、水瀬の死で傷ついているのは僕だけじゃなかった。

*

公園で一人になった僕が涙を流していると、出入り口の方で物音がした。

こんな所で泣いている姿を見られたら、不審者扱いされてしまうかもしれない。

出入り口から顔を背けて涙を拭っていると、誰かが走り寄って来る気配を感じた。

「樋口くんっ！」

視線を背後に向ける。その誰かとは有馬だった。僕の前で彼女が立ち止まる。震えていた。それがある瞬間になると、彼女は頭を下げてきた。

「私……。本当に、ごめんなさい。本当に、本当に……ごめんなさい」

僕に向けて謝っていたが、有馬は何も悪くない。彼女は僕に真実を教えてくれた。

有馬がいなければ、僕は今でも水瀬の死から逃げ続けていただろう。

客観的に僕らの関係性を考えれば、加害者の娘と被害者の恋人という形になる。

だけど有馬のことも、彼女の父親のことも憎いとは思わない。

皆、必死に生きているだけなんだ。

水瀬だってきっと、憎んでなんかいない。水瀬をよく知る僕が保証できる。

「有馬、ありがとう。有馬のおかげでようやく、現実と向き合うことができたよ」

感謝の言葉を口にすると、有馬が顔を上げた。お墓の前から逃げ出した僕が、今は落ち着いていることに驚いてだろう。じっと見つめてきた。

「今日のことだけじゃない。わざわざ僕を探してくれて、ありがとう。親切にしてくれて、優しくしてくれて、ありがとう」

　すると有馬は眉を下げてうつむいた。

「私……違うの。お礼を言われることなんて、してない」

「そんなことない」

「私は、樋口くんと水瀬さんに謝らなくちゃいけないの。私がお父さんと会う約束をしていなければ、会うのを断っていれば……。あんなことには、ならなかったから」

「有馬」

「私、私……あ、あぁぁ、あぁああ」

　有馬はどんな時も、僕の前で明るく振舞ってくれていた。でもその時になって、誰よりも苦しんでいたのは彼女かもしれないと思った。

　そっと近づき、泣きじゃくる有馬に胸を貸す。

　夕陽色に染まる公園で、彼女は泣き続けた。これまでの長い苦悶を表すかのように。


「あんまり、見ないで」

　有馬が泣き終わるのを待ち、二人でベンチに並んで腰かける。少し気になって視線を向けていたら、有馬が恥ずかしそうに口を尖らした。

「僕だって泣き顔を見られてるし、いいだろ」

「女の子は、泣くとメイクが崩れるの」

「有馬、化粧してるのか？」

「樋口くん。私、高校生だよ？　女の子は誰でも化粧くらい覚えてるよ」

「そっか。水瀬は、どうだったのかな」

「……水瀬さんは、化粧なんてしなくても綺麗だったけどね」

水瀬の名前を口にする度、僕たちはまだ傷つく。それでも水瀬のことを話題にできている現状に驚いた。

「確かにそうだな」と応じると、「そうだよ」と有馬は答えた。

それから僕たちは、水瀬のことやお互いのこれまでのことを包み隠さずに話した。

有馬が人前で食事を避けていた理由や、スマホと距離を置いていた理由も知る。

お互いに話したいことはたくさんあった。有馬への感謝の言葉もまだまだ足りない。

ただ、暗くなり始めていたため、今日は解散して有馬を駅まで送ることにした。

「それじゃ樋口くん、その……。今日は色々とありがとう。また明日ね」

今日一日で本当に多くのことがあった。僕は有馬の正体を含め様々な真実を知った。

しかし最後には、お互いの笑顔があった。そして……。

改札を抜ける前に有馬は、どこか照れくさそうに僕に言った。

また明日ね、と。

何気ない挨拶だけど、日常の希望と結びついているような言葉だと感じた。

また明日、会おう。また明日、会いたい。また明日、なんでもなく顔を合わせよう。

生きている限り、明日はくる。水瀬にはもう……それがない。

僕らもいつか、明日を失う日がくるのだろう。でも、それまでは……。

子どもみたいに元気に、僕は有馬に言葉を返したかった。

「こっちこそ、今日は本当にありがとう。また明日な、有馬」

有馬と別れると、家までの道をタイムカプセルを持って一人で歩いた。形になろうとする前の様々な考えが、頭の中で巡っていた。

僕はひょっとしたら、今日を境にして変わることができるかもしれない。

いや、変わらなくちゃいけないんだと考えた。この機会を素通りさせてはいけない。

そうじゃないと、僕は水瀬に、胸を張って顔向けができなくなる。

帰宅した頃には、夕飯の時刻になっていた。

タイムカプセルを玄関に置く。迷った末に、思い切って台所に顔を出した。

「あの……ただいまっ」

料理の支度をしていた母親に挨拶すると、母親は明らかに驚いていた。

感傷に甘えて塞ぎ込み、これまでの僕は両親に挨拶すらしていなかった。だけど今日、些細なことでもいいから何かを変えたかった。変わりたいと。

「……お、おかえり」

「今日の夕飯は、なに？」

「焼き魚と肉じゃがだけど」

「美味しそうだね。何か手伝えることってある？」

「えっと、じゃあ」

母親は依然として驚きながらも、控えめに笑った。

「もうちょっとで準備できるから、手を洗ってきて。それで……お父さんを呼んできてもらってもいい？　自分の部屋にいると思うから」

僕は頷き、洗面所で手を洗ってから父親を呼びに向かう。

少しだけ緊張していた。それでも、逃げない。どんな些細なことからでも、もう。

「父さん……いる？」

部屋の扉をノックした直後、ばたばたと物音がした。慌てた様子で父親が出てくる。

「悠!?　どうした、何かあったのか？　俺を呼ぶなんて、いったい……」

「あ、いや……。母さんが、夕飯だから呼んできてくれって」

「ゆうはん？」

父親はどこか呆気に取られていた。

そんな日常的なことを伝えるために、僕がノックしたとは思っていなかったようだ。

「えっと……僕も荷物を部屋に置いたら行くから。あの、それじゃ伝えたからね」

「あ、あぁ」

その場を離れ、つい苦笑してしまう。今までの僕は、両親にそんな反応をされてしまうくらいに普通じゃなかったということなんだろう。

夕飯を食べながら、その両親と少し話した。

その際、母親の口から有馬の名前が出てきて、今度は僕が驚かされる。

今日、有馬から電話で連絡があったという話だった。僕が水瀬のお墓の前からいなくなって探しているが、どこかに心当たりはないかと。

「実は、私とお父さんは有馬さんと何回か会ってるの。連絡先も交換していて」

「そう、だったの？　有馬とは、いつから？」

「有馬さんが悠の学校に転校してからよ。平日に、ご丁寧に挨拶に来てくれて……。初めての時はお父さんはいなかったけど、凛ちゃんの事故についても話してたの」

我が家に挨拶に来た有馬は、僕の母親に頭を下げて謝ったそうだ。

自分と父親のせいで事故が起きてしまい、僕の心に傷を負わせてしまったと。

当然だけど、僕の両親だって有馬が悪いとは思っていない。話す中で有馬の人柄にも触れ、信頼できる人物だと判断したようだ。

有馬が時々学校に来なかったのは、転校関係のこと以外にも、そうやって色んな人に会って話していたからなんだろう。水瀬のお墓の場所を知っていたことだって……。
《有馬。君はもう、苦しまなくていいんだ》
夕飯を終えて自室に戻ったあと、僕は有馬に向けてそんな文章を送ろうとしていた。
電話番号は知っていた。ショートメッセージなら送れる。
ただ、スマホが恐いという有馬に負担はかけたくなかった。自分の口で伝えるべきだ。
そう決めてからお風呂に入り、まだ九時にもなっていなかったが寝ることにした。
久しぶりに、いい夢が見られそうな気がした。

翌朝、ぐっすりと眠った僕は早朝に目覚める。

これまでにないくらいに頭がさっぱりしていた。カーテン越しに陽の光を眺める。

予感は当たった。本当に久しぶりに、いい夢を見た。水瀬が出てくる夢だ。

夢の中で、僕と水瀬は小学生だった。二人でどこかに遊びに行き、帰りに公園でタイムカプセルを掘り返していた。多分、昨日のことが影響しているんだろう。

これまで、水瀬を夢に見ることはなかった。

夢とは、記憶の整理であると何かで読んだ。今まで水瀬が出てこなかったのは、僕の中で彼女のことが整理できていなかったせいかもしれない。それが、今は……。

夢の内容を思い起こしていると、つられるようにあることを思い出す。

小学生のあの日、タイムカプセル用の穴を掘るのは僕の役目だった。

その間、水瀬は近くで何かをしていた。同じように地面を掘っていた気がする。

僕が水瀬に目をやると、慌てた様子で怒ってきた。

あの時、水瀬は何をしていたんだろう。

朝食をとって身支度を済ませると、僕はいつもより早く家を出た。園芸用の小型スコップを母親に貸してもらったので、それを鞄に入れて昨日の公園へと赴く。

見当をつけて、タイムカプセルが埋められていた付近を掘ってみた。

「あ……」

多少時間はかかったが、見覚えのあるものが見つかる。

メリーゴーラウンドを模した小型の缶だ。確か色んなお菓子が入っていたもので、小学生の水瀬が遊園地でお土産に買っていた。それを水瀬は大事にしていた。

中を確かめたかったが、そろそろ学校に向かわないといけない時間になっていた。

缶に付着した土を払って通学鞄に収めると、駅まで急いで走る。

「ギリギリだったね。来ないかと思って心配しちゃったよ」

教室で自分の席に腰かけると、隣の席には有馬がいた。

クラスメイトから無視されている有馬と話すことで、変に目立つのを避けたいという気持ちが以前はあった。だけど今は、まったく気にならない。

「有馬に、また明日って言われたからな。来ないわけにはいかないよ」

昨日の出来事を忘れたかのように、深刻なことは話さなかった。ただ笑顔を交わす。

それでいいと思った。二人とも充分悩んで、その結果、今、笑えているのだから。

「そっか。じゃあ毎日、また明日って言うようにするね」

「なんだか小学生みたいだな」

「いいじゃん、仲良しで。あ、そうそう、また今度、一緒に学校サボろうね」

「どんな誘いだよ」

「私も今日から、私服を持参するようにしたからさ。いつでもサボれるよ」

「私服って……。あぁ、あの美少女キャラがプリントされたやつか。有馬って結構、私服を攻めるよな」

「それ、違うから。そもそも着てないから。勝手に私服にしないでよ」

僕らの会話が耳障りだったのか、舌打ちの音がどこからか聞こえてくる。

有馬も僕もそれを無視した。もう堂々と教室で話してやろうという気になっていた。

午前中は真面目に授業を受け、昼の休み時間になると有馬と屋上に向かう。

僕がコンビニパンを食べ始めると、「それ、一口ちょうだい」と有馬が言ってきた。

有馬が会食恐怖症だということは、昨日の公園で聞いていた。そんな症状があることすら知らなかったが、有馬の心はずっと何かに苛(さいな)まれていたんだろう。

「いいけど……。でも、大丈夫なのか？　人前で食べるの苦手なんだろ」

「大丈夫じゃないかもしれない」

「なら、無理しなくても」

「もう隠れて、一人でお弁当を食べたくないから。私も変わりたいの。だから」

大げさかもしれないが、食事をとることは生きることだ。

その生きることに対して、有馬がどんな重圧を感じていたのかは推し量れない。

唯一分かっているのは、分かったふうに簡単に推し量ってはいけないということだ。

パンを渡すと、有馬はかすかに躊躇いつつも思い切ったように口をつけた。

僕を一度見たあと、時間をかけて咀嚼する。やがて、ごくりと飲み込んだ。

人前での食事に成功した彼女は、僕に向けて笑ってみせた。

笑顔を返そうとして……僕は言葉を失くす。

「私……。生きてても、いいかな」

有馬が瞳から涙を流していた。「あれ？」と言って、彼女が戸惑い始める。

なぜ泣いているのか、自分でも分かっていない様子だった。

「ごめん、私……。泣くつもりなんて、なかったのに」

「いいんだ。分かってる。それに……生きてもいいかなんて、当たり前だろ。有馬はもう、苦しまなくていいんだ。ちゃんと生きていいんだ」

メールで伝えられなかったことを、僕は有馬の目を見て伝える。

彼女の頬に流れる涙を認め、ハンカチを差し出した。すると有馬は「そういう気障なことやめてよね」と泣きながら微笑んで、僕のハンカチを受け取ってくれた。

頭上の空はどこまでも青く澄み渡り、夏の到来を予感させる光が降っていた。

僕と有馬は二人、屋上で笑みを交わす。僕らはもう、一人ではなかった。


午後からも変わらず、無視されている教室の中で二人で過ごした。

月曜日は七時間授業の日だが、授業に集中しているとあっという間に放課後になる。

部活や自宅など、クラスメイトたちはそれぞれの場所へと消えていった。

「樋口くん、今日の放課後はどうする？」

教室に残っていると、有馬が僕に尋ねてくる。

「ごめん。今日はちょっと、一人でしたいことがあるんだ」

「それって、まさか……。私へのサプライズの準備とか？」

「いや、違う。というか、なんのサプライズ？」

有馬と話している間にも、教室から次々と生徒が姿を消していく。

人がいなくなってきているのを確認して、僕は少しだけ深刻なことを話した。

「実は、水瀬と話がしたいと思ってるんだ」

「水瀬さんって……。イマジナリーフレンドの？」

「まぁ、うん。どうしても、伝えたいことがあるんだ。自分にとっては大事なことで」

「そっか」

有馬はそう応じると、しばらく何かを考え込んでいた。かと思うと、笑顔を見せる。

「ねぇ、樋口くん」

「ん、どうした？」

「私たちは、これからだよね。これからお互い、色んなことを始めていこうよ。私たち、ようやく人生のスタートラインに立てた気がするから」

まだ完全には吹っ切れていないだろうけど、有馬は有馬なりに、新しく生き始めようとしているのかもしれない。僕はそんな彼女に向けて頷いた。

「あぁ。そうだな」

「私、お父さんと会うことに決めたの。両親からなんて言われても……もう一度、お父さんに会う。弁護士さんにも、相談しようと思ってて」

「もし助けがいるなら、なんでも言ってくれ。必ず力になるから」

「ありがとう、頼りにしてる。それじゃね、樋口くん。また明日」

「また明日」

有馬は明るく挨拶すると、確固とした眼差しで前を見て教室を出ていく。

彼女はもう、大丈夫だろう。有馬の後ろ姿を見つめながら、そんなことを思った。

彼女はきっとこれから、自分の人生を生きていく。

加害者家族ではなく、有馬帆花という、一人の人間として。

自分も頑張ろうと思い、これまでの遅れを取り戻すべく教科書を開く。

やがて教室から同級生は完全にいなくなった。僕は一人になる。

たとえ水瀬が今日現れなくても、明日以降も待ち続けるつもりだった。もしかすると彼女はもう、僕の前に現れることはないのかもしれない。それでも……。

ノートにペンを走らせ続けていると、一時間も経つ頃には空の色が変わった。

夕陽が顔を出して、校舎が独特の静けさに包まれる。

体を伸ばし、少し休憩を挟んだ。そこでふと、今朝掘り返した小型の缶に意識が向く。

そういえば、中には何が入っているんだろう。

勝手に見ることに躊躇いはあったが、確認できる人間は僕以外にいない。

鞄から取り出して、缶の蓋を開ける。やはり濡れないようにするためか、透明な袋に細々とした小物が入っていた。

苺(いちご)の形をした消しゴムだったり、ヘアアクセサリーだったり、綺麗な石だったり。

ひょっとして水瀬の宝物だろうか。

ほかにも、小さく折られた紙が二枚あった。

一枚を手に取り、開いて内容を確認する。どうやら短い手紙のようだ。

《夢をかなえた私へ。おめでとう。これを開けたってことは、そういうことだよね？　私の一番の宝物は残念ながら使えないけど、早く樋口に見せてあげて。どんな顔するかな？　これからも二人、仲よくね。本当におめでとう》

小学生の頃の水瀬の筆跡で、そんな文章が綴られていた。

夢？　一番の宝物？　どういう意味だろう。もう一方の紙に関係があるのだろうかと視線を転じる。

その時、僕は懐かしい気配を感じた。促されるように顔を上げる。

目の前には彼女がいた。

水瀬凜の姿をした、彼女が。

今日も彼女は中学時代の制服を身に着けていた。本当にこうして再び会えるとは思っていなかった。嬉しさのあまり、自分から声をかける。

「また現れてくれて、ありがとう。実は君を待っていたんだ」

「え、私を？」

戸惑ってか、彼女は軽く眉を上げた。

「そう、君を」

「待っていたって……。どうして？」

「君に、どうしても伝えたいことがあったから」

僕の前に昨日現れた、中学時代の姿をした水瀬。

彼女が何者だったのかを、僕はずっと考えていた。答えは簡単に出なかったが、それでも確かに言えることは、僕は彼女に感謝しなければならないということだ。

「本当にありがとう。僕は君のおかげで、現実を直視することができた。こうして君にもう一度会えて、すごく嬉しい。それで、あの……」

感謝の言葉を伝えたあと、僕は躊躇いながらも彼女にある質問をした。


「君は、本物の水瀬なのか？」


尋ねた直後、いや、その前から、僕の心臓は強く鼓動していた。

彼女は僕が知らないことを知っていた。自分の言葉は、自分だけのものだと言った。

それはつまり、そういうことなんじゃないか。

大人に話せば笑われそうだけど、でも……。

「なぁ、教えてくれないか？　水瀬」

確かめたくて、僕は再び彼女に問いかける。

もし彼女が「そうだよ」と応じたら、僕は泣いてしまうかもしれない。

彼女がどんな存在か正確には分からないけど、もしそうだとしたら、僕は……。

教室の時間はとまったようになっていた。彼女はじっと僕を見たまま何も答えない。

しかし、静寂のうちで時が確かに刻まれているのが、秒針が進む音で分かる。

人間の鼓動や営みと同じように、それは確かに動いていた。

悲しいことに、死者とは違って。

「……違うよ」

僕を見つめていた彼女が、しばらくしてそう答える。

「私は違う。だって……。本物の水瀬凜はもう、死んでるんだから。そうでしょ？」

彼女の言葉を受けて、冷静な自分が帰ってくる。

身勝手で情けないことだが、落胆している自分もいた。

だけど、そうだった。そんなはずがないんだ。僕はまた、馬鹿な夢を見ていた。

昨日の水瀬の手紙だって、僕が忘れているだけで何かで内容を知ったのかもしれない。

無意識はそれを、ちゃんと覚えていて……。

「そっ、か」

「うん。そう」

「なら君は、僕の無意識が作ったイマジナリーフレンドなんだね？」

そこで再び、彼女は僕を無言で見つめてきた。何かに迷っているようにも見えた。

それがある瞬間になると表情が変わる。苦笑して、何事かを呟いた。

「思いもしなかったけど、こういう形で、良かったんだろうな」

「え？　今、何を……」

「ううん。なんでもない。それで、樋口……。私がイマジナリーフレンドだとしたら、今からやることがあるんじゃない？　もう樋口には、幻に似た何かは必要ないから。樋口はこの世界で、人の間で生きていかなくちゃいけないんだから」

「人の、間……」

「そう。人間は、人と人の間で生きなくちゃいけない。大変なことも多い。面倒なこともある。それでも、人の間でしか感じられない、途方もない喜びもあるから。それは死者では与えられない。生きている人間同士でしか、与えられないものだよ」

僕は訝しんでしまう。そんな考えが、自分の無意識に眠っていたんだろうか。

ただ、彼女の思想は正しいものに思えた。

人は一人でいては、孤独以外にどんな感情も覚えられない。人の間にいてこそ感じられることが、この世界にはたくさんある。喜びも、苦悩も、悲しみも、希望も。

「確かに、そうだね。君の言う通りかもしれない」

「うん。だから……。言って、樋口。私と、きちんとお別れをするために」

僕は覚悟を決めて、彼女と向き合った。

思えば、彼女と出会った瞬間から、こうなることは分かっていたんだろう。

僕と彼女は一緒にい続けるべきではない。彼女とは別れなければならない。

けれど……その決心がつかなかった。

苦しくても悲しくても、彼女といられるのは嬉しかったから。

僕は彼女と向き合う中で、色んなことを知った。

世の中には、否応なく忘れ去られていくことがある。それでも、忘れてはいけないことがある。忘れるべきではないことが、たくさんある。

早かったのか、遅かったのかは分からない。だけど今、ようやく決心がついた。


「さようなら。君と出会えて、幸せでした」


僕が別れの言葉を口にすると、彼女は瞼を閉じる。

次に瞼を開いた時、どこか満足そうに微笑むと、愛しいものを見る目で尋ねてきた。

「自分で言わせておいてなんだけど、私がいなくなっても、樋口は大丈夫？」

彼女はいつもそうやって僕を気遣ってくれた。そのやり取りも最後になってしまう。

「そもそも、君が見えてる時点で大丈夫じゃないからさ」

「もう、なにそれ」

彼女と笑いたくて、いつかと同じ冗談を言う。しかし彼女は、それに気付かなかったみたいだ。でも、笑顔を見せてくれたことが嬉しい。

「正直、君と会えなくなるのは辛いよ。悲しいし、やりきれない。けど、大丈夫じゃなくても、この世界でやっていかなくちゃいけないから」

たとえ自分が大丈夫じゃなくても、この世界は動いていく。

あらゆるものを過去にする早さで、時間は全てを押し流そうとしていく。

間違いも。想いも。記憶も。友達も。

そんな世界でも、僕はちゃんと生きていこうと思った。

彼女がいない、正しい世界で……。

自分の考えを伝えると、彼女は僕の目を見て言葉をかけてくれた。

「これは私の実感なんだけど……。この世界って、結構曖昧じゃん？　何が正しくて、何が間違ってるのか、時々分からなくなる。でも迷った時こそ、逃げないで、自分を信じてほしい。そうすれば樋口は大丈夫だから。きっと、なんにでも答えは出せるよ」

そう言うと彼女は、水瀬そのものの柔らかい表情となって頬を緩めた。

「立派になったね、樋口」

僕の心は、悲哀に似た強い感情に染まりたがる。それでも必死に笑みを作った。

「高校生になっても、中学生姿の水瀬に叱られてばかりだけどね」

「いや別に、叱ってはなくない？」

僕らは笑い合う。終わりが近いと感じ取っているからか、やけに悲しかった。

別れはもう、すぐそこだった。

「あっ、そうだ」

すると突然、彼女が何かに気付いたように声を上げる。

「そこにある、もう一枚の紙なんだけど。中は見ないで、捨てておいてくれるかな。昔のこととはいえ、さすがに恥ずかしいから。というか、そっちは掘り返さないでよ」

「え？　もう一枚の紙って……」

彼女は机の上にある、僕がまだ目を通していない紙のことを言っていた。

内容を知っているかのような口ぶりで困惑してしまう。

「実は私も今日、最後にどうしても樋口に伝えたいことがあったんだよね」

思わず無言になっていると、彼女が再び微笑んだ。

「水瀬。君は、やっぱり……」

「樋口、愛してるよ。でも愛してるから、私のことは過去にしてね。さっき言ってくれたように、私にきちんとさよならをして。樋口には誰よりも幸せになってほしいから」

「待ってくれ、水瀬。君は……」

「ばいばい、樋口。それじゃ、これで……。本当にさよなら」

その言葉を残して、彼女は僕の前から姿を消した。教室に、僕だけが残る。

僕は混乱していた。

イマジナリーフレンドは、自分の無意識が作り出している存在だ。自分以上の情報量はないはずなのに、彼女はもう一枚の紙の内容を知っているかのように話した。

あらためて机上の紙に視線を移す。

いくら頼まれ事でも、水瀬の遺品を捨てることなんてできない。許してくれよ、と心の中で謝りながら紙に手を伸ばす。開いて内容を確認した。

十秒だろうか。あるいは二十秒だろうか。僕はそれと対面して言葉を失っていた。

それが次の瞬間には、笑っていた。

思いもしなかったものと、数年の時を経て再会したからだ。

こんな可愛らしいものを水瀬は大切にしていたのか。

そうだった。忘れていた。水瀬は実は、誰よりも女の子らしい女の子だった。

微笑ましいものを見て笑顔を浮かべていると、視界が滲み始める。目の奥が痛んだ。

誰かの声も聞こえてきた。嗚咽を必死に押し殺しているような声だ。

どうやらそれは僕で、泣いているようだった。

《夢をかなえた私へ。おめでとう。これを開けたってことは、そういうことだよね？

私の一番の宝物は残念ながら使えないけど、早く樋口に見せてあげて》

その時になって、あの文章の意味に気付く。
もしそうなれたら、本当に、どれだけよかっただろう。
僕だって、それを望んでいた。君とそうなることを、僕だって……。
口を手で押さえて声が漏れないようにしたが、こみ上げてくる思いがそれを上回る。
涙も声も、とめられなかった。しかしそこで、ある考えに至る。
中学時代の姿で、僕の前に現れた水瀬。
彼女は果たして、イマジナリーフレンドだったのだろうか。
本当のイマジナリーフレンドは、以前にとっくに消えていたのではないか。
そして、中学時代の姿をした水瀬は、本物の水瀬で……。
有り得ないことかもしれない。それでも……。
手にしている紙にポタポタと涙が落ちる。古びた用紙が滲んでいく。
小学生の水瀬が、子どもながらに夢見ていたこと。
遊園地で手に入れた玩具の婚姻届には、僕らの名前がそれぞれの字で記されていた。
今も消えることなく、確かに、僕らは並んでそこに一緒にいた。

あとがき

あとがきに少し重たい内容を含んでおりますので、先に謝辞を失礼します。

表紙の写真を提供くださった@kaji_nori06様、素敵な作品をありがとうございました。作品への尊敬と敬意を忘れずに、感謝しながら本棚に納めさせていただきます。

担当編集のお二人には、今回も力を貸していただきました。非常に有難く、心強く思っています。今後も引き続きよろしくお願いします。

また、本作の出版・販売等に携わってくださった全ての方にお礼を申し上げます。

皆様のおかげで、店頭に本を並べることができています。

そして、この本を手に取ってくださった方へ。

お一人お一人に直接お礼を言うことがかないませんので、今回も代わりにここで頭を下げさせていただきます。

本作を手に取ってくださり、本当にありがとうございました。

またいつか、どこかでお会いしましょう。

続いて、本作品に関連する「あとがき」となります。
前述したように少し重たい内容を含んでおりますので、ここで本を閉じていただいても構いません。最後まで目を通そうとしてくださり、ありがとうございました。

一条　岬

親しい友人のことをテレビ画面を通じて初めて見たのは、小学五年生の時です。夕方のニュース番組で、同級生であった男の友人が交通事故に遭ったと知りました。思えば、身近な人の死に最初に触れたのは、その一連の体験を通じてでした。

それから数年が経った中学二年生の秋、家庭科の授業で、自分が選んだ新聞記事について意見を書くというものがありました。

考えた末、私は先生に協力してもらい、友人の事故の記事を探しました。記事を見つけて読み、愕然とした時のことを未だによく覚えています。

交通事故の概要が小さく、言葉少なく地方紙に載っていました。

その記事を覗き込みながら、こんなに小さなことではなかった、と思いました。あの時に感じた寒さも恐怖も、理解不能な塊も。友人の母親が通夜でランドセルを抱えて泣いていたことも。追悼の言葉も、同級生たちの涙も、皆で書いた手紙も。

人は、この世界で関わり合って生きています。

誰かが亡くなったと知った時、その誰かには、大切に育ててくれた母親や父親がいて、兄弟や友人もいて、恋人や伴侶、子どもがいたかもしれないことに思いを馳せます。記事やニュースでは伝え切れない嘆きがあることに、感じ入ります。

当初は交通事故やそれに伴う新聞記事を扱うことに抵抗がありましたが、記事などでは書き切れない人間模様があることを私なりに書こうと決めて、取り入れました。

人が亡くなる記事やニュースを目にした際、一瞬だけでも、そこには多くのことがあるはずだと一緒に思ってもらえれば幸いです。

どうか皆様の日常が、優しく豊かなものであるようにと願っています。


最後に、個人的な記述を失礼します。

この小説を自分の本棚に残せたことで、小学生の頃に交通事故で亡くなった友人のことを、生涯忘れずにいられるのではないかと考えています。

私は……。僕は今もなんとか、ここにいます。君のことを覚えています。

君のお母さんとお父さん、弟に書いたあの日の手紙の内容は全部嘘じゃありません。

君の優しさを尊敬しています。それは今も、忘れていません。

親しくしてくれて、ありがとう。

一条　岬

<初出>

本書は書き下ろしです。

◇◇メディアワークス文庫

さよならの仕方（しかた）を教（おし）えて

一条（いちじょう） 岬（みさき）

2024年6月25日　初版発行

発行者　山下直久
発行　株式会社KADOKAWA
〒102-8177　東京都千代田区富士見2-13-3
0570-002-301（ナビダイヤル）
装丁者　渡辺宏一（有限会社ニイナナニイゴオ）
印刷　株式会社暁印刷
製本　株式会社暁印刷

●お問い合わせ
https://www.kadokawa.co.jp/（「お問い合わせ」へお進みください）
※内容によっては、お答えできない場合があります。
※サポートは日本国内のみとさせていただきます。
※Japanese text only

※定価はカバーに表示してあります。

Printed in Japan
ISBN978-4-04-915772-7 C0193

メディアワークス文庫　https://mwbunko.com/

本書に対するご意見、ご感想をお寄せください。

あて先
〒102-8177　東京都千代田区富士見2-13-3
メディアワークス文庫編集部
「一条 岬先生」係

◇◇◇

嘘の世界で、忘れられない恋をした

一条 岬

『今夜、世界からこの恋が消えても』
著者による過去と未来を繋ぐ希望の物語。

余命１年の宣告を受けた高校２年の月島誠は、想いを寄せる美波翼に気持ちを伝えられない日々を送っていた。でも、それでいい。そう思っていたある日、誠は翼から映画制作部に誘われ、事態は思わぬ方向に転がり始める。

活動を重ね互いに惹かれ合う二人だったが、残酷にも命の刻限は確実に迫っていた。そこで誠は、余命のことを知らない翼が悲しまないよう、ある作戦を実行するが――。

映画を通じて心を通わせる少年少女たちを描いた、感涙必至の青春ラブストーリー。

メディアワークス文庫

第30回電撃小説大賞《選考委員奨励賞》受賞作

無貌の君へ、白紙の僕より

にのまえあきら

これは偽りの君と透明な僕が描く、恋と復讐の物語。

なげやりな日々を送る高校生の優希。夏休み明けのある日、彼はひとり孤独に絵を描き続ける少女・さやかと出会う。

――――私の復讐を手伝ってくれませんか。

六年前共に絵を学んだ少女は、人の視線を恐れ、目を開くことができなくなっていた。それでも人を描くことが自分の「復讐」であり、絶対にやり遂げたいという。

彼女の切実な思いを知った優希は絵の被写体として協力することに。

二人きりで過ごすなかで、優希はさやかのひたむきさに惹かれていく。しかし、さやかには優希に打ち明けていないもう一つの秘密があって……。

学校、家族、進路、友人――様々な悩みを抱える高校生の男女が「絵を描く」ことを通じて自らの人生を切り開いていく青春ラブストーリー。

第28回電撃小説大賞《メディアワークス文庫賞》受賞作

きみは雪をみることができない

人間六度

恋に落ちた先輩は、
冬眠する女性だった——。

ある夏の夜、文学部一年の埋　夏樹は、芸術学部に通う岩戸優紀と出会い恋に落ちる。いくつもの夜を共にする二人。だが彼女は「きみには幸せになってほしい。早くかわいい彼女ができるといいなぁ」と言い残し彼の前から姿を消す。

もう一度会いたくて何とかして優紀の実家を訪れるが、そこで彼女が「冬眠する病」に冒されていることを知り——。

現代版「眠り姫」が投げかける、人と違うことによる生き難さと、大切な人に会えない切なさ。冬を無くした彼女の秘密と恋の奇跡を描く感動作。

会うこともままならないこの世界で生まれた、恋の奇跡。

メディアワークス文庫

15歳のテロリスト

松村涼哉

「物凄い小説」──佐野徹夜も絶賛！　衝撃の慟哭ミステリー。

「すべて、吹き飛んでしまえ」

　突然の犯行予告のあとに起きた新宿駅爆破事件。容疑者は渡辺篤人。たった15歳の少年の犯行は、世間を震撼させた。

　少年犯罪を追う記者・安藤は、渡辺篤人を知っていた。かつて、少年犯罪被害者の会で出会った、孤独な少年。何が、彼を凶行に駆り立てたのか──？　進展しない捜査を傍目に、安藤は、行方を晦ませた少年の足取りを追う。

　事件の裏に隠された驚愕の事実に安藤が辿り着いたとき、15歳のテロリストの最後の闘いが始まろうとしていた──。

メディアワークス文庫

君は医者になれない
膠原病内科医・漆原光莉と血嫌い医学生

午鳥志季

医者に一番必要なものとは？
現役医師が描く感動の医療ドラマ！

血が怖いという致命的ハンデを抱える医学生・戸島光一郎。落第にリーチが掛かった彼は、救済措置として人手不足のアレルギー・膠原病内科の手伝いを命じられる。

免疫が己の身体を傷付けてしまう難病患者を診療する、膠原病内科、通称アレコー。その外来医長・漆原光莉は、歯に衣着せぬ言動に加え、人として残念な面が多々あるものの、どんな些細な症状も見逃さない名医として大きな信頼を得ていた。そんな彼女の下で戸島は様々な患者と出会い、多くのものを学んでいく。

メディアワークス文庫